INFIDELIDAD

EMILIA PARDO BAZÁN

Con gran sorpresa oyó Isabel de boca de su amiga Claudia, mujer formal entre todas, y en quien la belleza sirve de realce a la virtud, como al azul esmalte el rico marco de oro, la confesión siguiente:

-Aquí, donde me ves, he cometido una infidelidad crudelísima, y si hoy soy tan firme y perseverante en mis afectos, es precisamente porque me aleccionaron las tristes consecuencias de aquel capricho.

-¡Capricho tú! -repitió Isabel atónita.

-Yo, hija mía... Perfecto, sólo Dios. Y gracias cuando los errores nos enseñan y nos depuran el alma.

Con levadura de malignidad, pensó Isabel para su bata de encaje:

"Te veo, pajarita... ¡Fíese usted de las moscas muertas! Buenas cosas habrás hecho a cencerros tapados... Si cuentas esta, es a fin de que creamos en tu conversión."

Y, despierta una empecatada curiosidad y una complacencia diabólica, volvióse la amiga todo oídos... Las primeras frases de Claudia fueron alarmantes.

-Cuando sucedió estaba yo soltera todavía... La inocencia no siempre nos escuda contra los errores sentimentales. Una chiquilla de dieciséis años ignora el alcance de sus acciones; juega con fuego sobre barriles atestados de pólvora, y no es capaz de compasión, por lo mismo que no ha sufrido...

La fisonomía de Claudia expresó, al decir así, tanta tristeza, que Isabel vio escrita en la hermosa cara la historia de las continuas y desvergonzadas traiciones que al esposo de su amiga achacaban con sobrado fundamento la voz pública. Y sin apiadarse, Isabel murmuró interiormente:

"Prepara, sí, prepara la rebaja... Ya conocemos estas semiconfesiones con reservas mentales y excusas confitadas... El maridito se aprovecha; pero por lo visto has madrugado tú... Pues por mí, absolución sin penitencia, hija... ¡Y cómo sabe revestirse de contrición!"

En efecto, Claudia, cabizbaja, entornaba los brillantes ojos, velados por una humareda oscura, profundamente melancólica.

-Dieciséis años. Era mi edad..., y había un ser a quien entonces quería acaso más que a ninguno. Todos los momentos de que podía disponer los dedicaba a acariciarle, a hacerle demostraciones de ternura, que él pagaba con otras mil voces más apasionadas y alegres...

-¡Claudia! -exclamó Isabel con pudibundo mohín.

-Isabel... -repuso ésta-, tranquilízate, y que no te parezca cómica la revelación... ¡Si vieses qué lejos de mí está el tomar a broma este episodio! ¡Ojalá pudiese! El ser querido era un perro...

-¡Ah! -gritó Isabel, que no pecaba de necia-. Debí figurármelo... Sólo un perro justifica el lirismo con que te expresabas... Sólo el corazón del perro encierra lealtad, sinceridad y nobleza bastante para satisfacer a una soñadora como tú...

-Y ahí está la razón de mis remordimientos... -afirmó seriamente Claudia-. Si yo hubiese vendido a un ser capaz de venderme..., mi conciencia estaría casi tranquila. Habría arriesgado algo, me habría expuesto a represalias..., mientras que así...

-Comprendo, comprendo -balbuceó Isabel, conmovida a pesar suyo.

-A pesar del tiempo transcurrido, aún me persiguen los recuerdos de mi maldad... Los años nos hacen más blandos de corazón. La juventud ve delante de sí tantas esperanzas, que no quiere mirar al dolor ni apiadarse del daño que aturdidamente ocasiona... Mi error no tuvo disculpa, ni siquiera la del buen gusto. Ivanhoe, mi primer favorito, era un perrazo magnífico, un terranova de pelo ensortijado y negrísimo, como denso tapiz de astracán. De cabeza noble e inteligente, el mirar de sus grandes ojos de venturina destellaba una bondad ideal. ¡Decía un mundo de cosas! Cuando venía a descansar la cabezota en mi regazo y fijaba en mis pupilas las suyas magnéticas, yo leía en ellas la resolución de morir por mí, si fuera preciso.

La sombra de un peligro, la entrada de una persona desconocida, contraían con repentina ferocidad el hocico de Ivanhoe, que enseñaba sus blancos dientes amenazándolos, gruñendo sordamente. De día me seguía paso a paso; de noche dormía travesado en el umbral de mi puerta. Mi pureza no necesitaba otro guardián, y mis padres acostumbraban a decir que con Ivanhoe iba yo más defendida que con tres criados.

En esto sucedió que vino de París mi tía la de Bellver, y me trajo un regalo carísimo. Empezaban a ponerse de moda los grifones, y dentro del manguito me presentó uno, diminuto hasta la ridiculez y feo hasta la sublimidad: "una delicia", voz unánime de cuantos lo admiraron en la tertulia. Un matorral de pelo gris sucio se cruzaba y confundía en la cara del animalejo, escondiendo sus ojos desproporcionados, parecidos a enormes cuentas de azabache y descubriendo sólo la nariz, trufita húmeda reluciente y donosa hasta la caricatura. Clown -así se llamaba el bichejo- fue nuestro juguete, frágil, original y envidiado porque no se conocía otro en Madrid; y la miseria de mi vanidad me incitó a consagrar a Clown exclusivamente todos mis halagos, a no separarlo de mí, a adoptarle por favorito, olvidando enteramente a Ivanhoe. Es más: llegué a expulsar a Ivanhoe de mi presencia y de mi cuarto, porque asustaba al grifón, el cual, muy tembleque, como todos los perros chiquitines, se convertía en azogado al ver al colosal terranova. Me entregué sin reparo al nuevo cariño, y si no le encargué a Clown un trousseau lujosísimo de sedas, encajes y plumas (ya sabes que esto se hace hoy, como que existen modistas especiales y hasta figurines para perros), al menos me dediqué a lavarlo, peinarlo, perfumarlo y atusarlo, y le construí un collarín precioso de perlitas, sacrificando mi mejor brazalete para los pasadores de diamantes. Mis amigas rabiaban por no tener otro Clown. Yo lo sacaba en carruaje, en el manguito o en el rincón de mi chaqueta, entre el brazo y el seno; y al lucir tan gracioso dije viviente, al ostentarlo como una niña ostenta una muñeca más cara que todas, me pavoneaba y me hinchaba de orgullo, sin pensar ni un instante en el olvidado...

El olvidado había procedido con la mayor dignidad, con la delicadeza más absoluta. Bastaríale mover una pataza para aplastar al rival intruso; pero se desdeñó hasta de ladrarle: tan mezquino enemigo no merecía los honores del ataque y de la protesta. Si se hubiese tratado de un perrazo..., ya Ivanhoe disputaría mi ternura a dentelladas. Ante aquel ser exiguo, Ivanhoe comprendió que no le tocaba descender a ningún extremo celoso. Se abatió, encogió la cola, agachó la cabeza y, resignadamente, descendió a la cuadra, donde los cocheros se encargaron de cuidarlo.

-Ese perro era "un caballero" -interrumpió Isabel.

-Y yo..., "¡una infame!" -declaró amargamente Claudia-. Ivanhoe, solo, enfermo, abandonado entre gente grosera y estúpida... No me enteré sino cuando no había remedio... "Tiene la rabia mansa -me dijeron-, y aunque no hace daño ni muerde, habrá que pegarle un tiro". Sentí un golpe repentino en el corazón. Me escapé, me escurrí furtivamente hasta la cuadra, y me acerqué al montón de paja maloliente en que yacía tendido Ivanhoe. A mi voz entreabrió las pupilas y meneó débilmente la cola, como diciendo: "Gracias, soy tu amigo, soy aquel mismo, a pesar de todo...". Habían notado mi escapatoria y me arrancaron de allí deshecha en llanto, ahogada por los sollozos, convulsa; me encerraron en mi habitación, y a la media hora oí en el patio dos detonaciones de arma de fuego...

Claudia calló y apretó en silencio, enérgicamente, la mano de Isabel. Después de una pausa dijo sonriendo:

-Ivanhoe me perdonó, porque en él no cabía otra cosa. ¡Quien no me ha perdonado ha sido el Destino..., el gran vengador! No me ha traído suerte la infidelidad... El que a hierro mata...

A cada salto de la carreta en los baches de las calles enlodadas y sucias, las sentencias a muerte se estremecían y cruzaban largas miradas de infinito terror. Sí, preciso es confesarlo: las infelices mujeres no querían que las degollasen. Aunque por entonces se ejercitaba una especie de gimnasia estoica y se aprendía a sonreír y hasta lucir el ingenio soltando agudezas frente a la guillotina, en esto, como en todo, las provincias se quedaban atrasadas de moda, y los que presentaban su cabeza al verdugo en aquella ciudad de Poitou no solían hacerlo con el elegante desdén de los de la "hornada" parisiense. Además, las víctimas hacinadas en la carreta no se contaban en el número de las viriles amazonas del ejército de Lescure, ni habían galopado trabuco en bandolera con las partidas del Gars y de Cathelineau. Señoras pacíficas sorprendidas en sus castillos hereditarios por la revolución y la guerra, briznas de paja arrebatadas por el torrente, no se daban cuenta exacta de por qué era preciso beber tan amargo cáliz. Ellas ¿qué habían hecho? Nacer en una clase social determinada. Ser aristócratas, como se decía entonces. Nada más. Los cuatro cuarteles de su escudo las empujaban al cadalso. No lo encontraban justo. No comprendían. Eran "sospechosas", al decir del tribunal; "malas patriotas". ¿Por qué? Ellas deseaban a su patria toda clase de bienes: jamás habían conspirado. No entendían de política. ¡Y dentro de un cuarto de hora...!

Cinco mujeres iban en la carreta: dos hermanas solteronas, viejísimas, las que mayor resignación demostraban en el trance; una dama como de treinta años, esposa de un guerrillero, separada de él desde el mismo día de sus bodas, que no le había visto nunca más porque no podía sufrirle, y pagaba ahora el delito de llevar tal nombre; una viuda, la condesa de L'Hermine, y su hija Ivona, criatura de dieciocho años, de primaveral frescura y perfecta belleza. Bajo el gorrillo o cofia de blancos vuelos, el pelo suelto y rubio de la niña se escapaba formando aureola a la cara cubierta de mortal palidez, y en que las pupilas color de violeta y los cárdenos labios parecían toques de sombra sepulcral. Las manos, atadas atrás, temblaban, los dientes castañeteaban; doblábase desmayado el cuerpo.

Sin embargo, desde la mitad del camino, que era largo por encontrarse la prisión en las afueras de la ciudad y en el centro de la plaza, Ivona de L'Hermine, enderezándose, demostró inquietud nerviosa, delatora de una esperanza. Dos veces el oficial que mandaba la escolta de "azules" a caballo se había acercado a la carreta y murmurando al oído de Ivona algunas palabras, un cuchicheo. Tiñó el carmín las mejillas descoloridas de la doncella: no era el rubor de la modestia, ni el dulce sofoco de la pasión: no eran los sentimientos que en un alma joven despiertan las expresiones del amoroso rendimiento. Por más que el oficial fuese mozo y gallardo, Ivona no reparaba en su apuesta figura. Otra cosa encendía su rostro: la vida, la mágica vida, la vida que no había saboreado y que iba a perder. Al casi paralizado corazón acudían de nuevo la sangre, y los ojos de violeta recobraban su luz. ¡No morir!

Instintivamente, desde que Ivona oyó la primera frase balbuceada por el oficial, trató de desviar el rostro, evitando el de su madre. Esta, en cambio, clavaba en Ivona los ojos, fijos, ardientes, interrogadores. Ya a la salida de la cárcel pudo notar la impresión producida en el oficial por la hermosura de Ivona. La condesa no tenía ideas políticas; no le importaba Luis XVII martirizado en el Temple; mal de su grado se veía envuelta por los sucesos; deber la vida a un republicano no le parecía humillante. Se la debería gustosísima, aceptaría la de su hija; pero... ¿y la honra?

Por espacio de largos años, recluida en su hacienda, lejos del mundo, sólo había atendido la condesa a educar a Ivona con máximas de honestidad y de recato, cultivándola entre blancuras de azucena, fortificándola por el ejemplo de la más casta viudez. La corrupción de la corte espantaba a la condesa, y hasta había momentos en que recordaba a Luis XV, justificaba la revolución y la consideraba castigo divino, merecido y necesario. La fe y el culto supersticioso de aquella mujer no eran la monarquía ni el antiguo régimen, sino la pureza, la religión del armiño que llevaba en su título nobiliario y en la empresa de su blasón. Y al observar cómo el oficial devoraba con la mirada a Ivona, al ver que deslizaba en su oído palabras que la reanimaban instantáneamente, pensó para sí: "Quiere salvarla. ¿A ella sola? ¿A qué precio?".

Increíble parece que una idea triunfe del horror que nos domina, al ver abierta la negra boca del no ser, las fauces de la eternidad. La condesa, en tan decisivos momentos, olvidando el miedo, sólo pensaba en Ivona ultrajada, mancillada, llevada por el oficial a su pabellón como una mujerzuela, después de que la hubiese arrebatado al patíbulo. Y no cabía duda: la niña aceptaba el trato: quizá su inocencia ignorase las condiciones; pero lo admitía: era vivir, era evitar el amargo trance. Mientras la indignación hervía en el alma de la madre, la hija volvía la cabeza para buscar con sus ojos, antes amortiguados, resplandecientes ahora, suplicantes, agradecidos, al jefe de la escolta, que le dirigía una sonrisa tranquilizadora, de inteligencia... Y ya llegaban; todo iba a consumarse; la carreta empezaba a abrirse paso difícilmente por entre las oleadas de la multitud que llenaba la plaza, en cuyo centro, siniestra, y rígida silueta, se alzaba la guillotina, recogiendo un rayo de sol en su cuchilla de acero...

Al detenerse la carreta, los soldados, atentos a una orden del oficial, hicieron bajar a la condesa y a Ivona. Quedaron las demás sentenciadas dentro, aguardando su turno: rezando las viejas, la esposa del guerrillero renegando de su suerte y pidiendo compasión. La condesa advirtió que la llevaban a ella primero y que su hija quedaba como rezagada al pie de la escalera, medio perdida ya entre el gentío. El hielo del espanto, el estremecimiento que la vista del patíbulo había derramado en sus venas, provocando un sudor frío instantáneo, se convirtieron en una especie de furor silencioso, de desesperada vergüenza. Ya veía los dedos del oficial desordenando los rizos rubios de Ivona, y la imagen sensible, la representación de la afrenta era más cruel y más amarga que la del suplicio. "No lo conseguirán", decidió con resolución terrible. Acordóse de que por descuido o transigencia le habían dejado desatadas las manos. Como si quisiese confortarse el corazón, deslizó la mano por la abertura de su corpiño. Algo sacó oculto en el hueco de la mano. Y cuando el verdugo se acercó a sostenerla para que subiese los peldaños de la escalerilla, en rápida confidencia le dijo no se sabe qué, deslizándole en la diestra un puñado de oro. Se ignorará lo que dijo..., pero, por los resultados, se adivina.

Sucedió una cosa que al pronto no acertaron a explicarse los que presenciaban la escena tristísima, y en aquellos tiempos ya casi indiferente a fuerza de ser habitual. Y fue que el verdugo, retrocediendo, cogió brutalmente a la señorita de L'Hermine por el talle, por donde pudo, y en un segundo la empujó a la escalera, y a empellones la subió a la plataforma. La condesa la ayudaba, se hacía atrás, impulsaba también a su hija y la arrojaba a los brazos del ejecutor de la ley. Hízose tan rápidamente la maniobra, y era tal el oleaje del pueblo, que rugía e insultaba, la confusión en que la escolta se había apelotonado, que cuando el oficial, atónito, se precipitó, quiso intervenir, Ivona caía en la báscula, y la media luna se deslizaba mordiendo la garganta torneada, contraída por el espasmo del terror supremo, que ni gritar permite...

El verdugo agarró por los mechones largos y rubios la lívida cabeza de la niña, que destilaba sangre, y la presentó a los espectadores. Y la condesa de L'Hermine, al acercarse sin resistencia para recibir la misma muerte, pensaba con satisfacción heroica:

"¡Gracias que pude esconder en el pecho las monedas!"

Preguntáronle sus amigos al marqués de Bahama -riquísimo criollo conocido por su fausto, sus derroches y su aristocrática manía de defender la esclavitud- porqué singular capricho llevaba a su lado en el coche y sentaba a su mesa a cierto negrazo horrible, de lanuda testa y morros bestiales, y por contera siempre ebrio, siempre exhalando tufaradas de aguardiente, que no lograban encubrir el característico olorcillo de la Raza de Cam.

-Hay -le decían- negros graciosos, bien configurados, de dientes bonitos, de piel de ébano, de formas esculturales. Pero éste da grima. Más que negro es verde violeta; es una pesadilla.

Y el marqués, sonriendo, defendía a su negrazo con algunas frases de conmiseración indolente:

-¡Pobrecillo! ¡Qué diantre!... Yo soy así.

Al cabo en una alegre cena donde se calentaron las cabezas, merced a que se bebió más champaña y más manzanilla y más licores de lo ordinario, y lo ordinario no era poco; viendo yo al marqués animado, decidor -en plata, algo chispo-, aproveché la ocasión de repetir la pregunta. ¿Por qué Benito de Palermo -así se llamaba el negrazo- gozaba de tan extraordinarias franquicias? Y el marqués, a quien le relucían los hermosos ojos negros, de pupila ancha, contestó sonriendo y señalando a Benito, que yacía bajo la mesa, completamente beodo:

-Por borracho, cabal; por borracho.

No logré que entonces se explicase más, Parecióme tan rara la causa de privanza de Benito como la privanza misma. De allí a dos días, paseando juntos, recordé al marqués su extraña contestación y él, arrojando el magnífico "recorte" que chupaba distraídamente, murmuró con entonación perezosa:

-Bueno; pues ya que solté esa prenda, diré lo que falta... Ahora se sabrá cómo si no es por la borrachera de Benito estoy yo muerto hace años, y de la muerte más horrorosa y cruel.

No ignora usted que me he educado en los Estados Unidos, y me aficioné a los viajes desde la niñez, porque allí el viajar se considera complemento de toda escogida educación. Antes de cumplir los veinticinco años había recorrido las principales ciudades de Francia, Inglaterra y Alemania; sabía cómo se vive en cada nación culta. En París, sobre todo, me había pasado inviernos enteros. Sin embargo, la monotonía de la civilización empezaba a causarme tedio, y me hurgaba el caprichillo de ver países menos cultos a la moderna. Dediqué unos meses a registrar la hermosa Italia, parando mucho en Roma y consagrando temporaditas a Florencia, Nápoles, Sicilia, Malta y Córcega. Y engolosinado ya -Italia siempre será un paraíso-, propúseme realizar al año siguiente otro delicioso viaje, el de Oriente: Grecia, Turquía y Palestina. Para venir a lo que importa de este cuento, lleguemos ya a Atenas, donde, por recomendaciones que llevaba, encontré excelente acogida en el cuerpo diplomático y en la corte, lo cual, y otra, cosa que añadiré contribuyó a que se prolongase mi estancia en la capital de Grecia bastante más de lo que pensaba.

Es el caso que en una fonda magnífica de Florencia había yo visto, por espacio de pocas horas, a una hermosísima inglesa, la cual grabó en mi espíritu una impresión que no habían conseguido borrar el tiempo ni la distancia. Era de esas mujeres que no se olvidan porque a la belleza plástica incomparable, reunía una gracia, una viveza y una originalidad excéntrica y picante, que empeñaban en perseguirla y adorarla. El vulgo cree que todas las inglesas son sosas; pero yo le aseguro a usted que la que sale donosa vale por diez. Eva... (suponga usted que se llamaba así) era viuda, y viajaba con una dama de compañía, sin rumbo fijo a donde le llevaba su imaginación artística y fogosa. En los cortos momentos que conseguí hablarle, volvióme loco. No me atrevía a galantearla abiertamente, y sólo con los ojos le revelé el efecto que en mí causaba.

Debo advertir que no me hizo maldito caso, que me toreó, y en una vuelta que di me encontré con que había desaparecido, sin que me fuese posible acertar con ella, por más que la busqué desolado al través de toda Italia.

Calcule usted mi sorpresa y mi emoción, cuando en el primer sarao a que asisto en la embajada inglesa en Atenas, me encuentro a Eva radiante de hermosura, divinamente prendida y dispuesta a valsar. Excuso decir que inmediatamente me dediqué a cortejarla y a fuerza de atenciones logré algunas ligeras señales de complacencia, pequeños indicios de que no le era desagradable mi persona. Sin embargo, en los saraos sucesivos, y en todos los lugares donde yo procuraba encontrarme con Eva y acompañarla, noté cuán difícil era ganar terreno en aquel corazón caprichoso y rebelde. Eva me desesperaba con sus coqueterías y sus arrechuchos; nunca estaba yo seguro de llegar a vencerla; si me veía alegre me quería triste; y si yo decía negro, ella respondía blanco. Creo que este sistema me trastornaba más, y ya me encontraba a punto de darme a todos los demonios, cuando...

-Pero -interrumpí- lo que no sale a relucir es Benito de Palermo; y confieso que Benito me importa más que la hermosa Eva.

-Cachaza, ya llegaremos a Benito -respondió, sonriendo, el marqués-. Iba a decir que por entonces fue cuando parte de la colonia inglesa que se encontraba en Atenas dispuso organizar una excursión a caballo y en coche, con objeto de visitar la célebre llanura de Maratón.

-¡Ah! -exclamé estremeciéndome involuntariamente-. ¡Ya sé, ya sé! ¡Con que le tocó a usted ese chinazo! ¡Qué cosa tan horrible!

-Veo que recuerda usted el episodio. ¿No es para olvidarlo, no! Toda la Prensa europea habló de eso detenidamente, publicando grabados, retratos y por menores, día por día. Pues sepa usted que la expedición se combinó en la embajada entre un rigodón y un vals de Strauss. La colonia acogió la idea con fruición y entusiasmo; las mujeres, sobre todo, estaban alborotadísimas. Pero yo, que había conversado largamente con palikaros, intérpretes y comerciantes judíos, recordé las noticias que me habían dado sobre una gavilla de bandoleros que infestaba las inmediaciones de Atenas, y cuyo número, arrojo y sanguinarias costumbres eran motivo suficiente para alarmarse y reflexionar. Emití un dictamen de prudencia, indicando que convendría, o llevar numerosa y bien armada escolta, o renunciar al proyecto. Y entonces adquirí la persuasión de que todos los ingleses tienen vena. Lord*** y los demás, que formaron parte de la fatal expedición, sonrieron desdeñosamente cuando les hablé de peligros; y a aquella sonrisa, que ya me encendió la sangre, correspondió Eva con algunas frases tan secas y burlonas, que me restallaron como latigazos sobre las mejillas. Vino a decir que el que no se sintiese con ánimos para arrostrar el riesgo haría mucho mejor en quedarse, pues las inglesas no quieren compañía sino de gente resuelta, capaz de no achicarse ante los bandidos, caso de haberlos, que eso estaba por ver. El que recuerde los veintiséis años que yo tenía y lo enamorado que andaba de Eva comprenderá que me propuse formar parte de la expedición, aunque supusiese que nos acechaban todos los salteadores del mundo. ¡Ir con Eva de viaje! ¡Galopar a su lado! ¡Qué felicidad! Y ella, al conocer mi propósito, giró como una veletita me sonrió, y estuvo conmigo insinuante, coqueta, hasta mimosa. La excursión quedó fijada para la mañana siguiente; al despuntar el día nos reuniríamos en un punto dado, fuera de las murallas de Atenas llevando cada cual o coche o caballo,

provisiones y armas. De los guías se encargaba Lord***.

Aquí aparece Benito de Palermo; no se impaciente usted, que ya sale el figurón. Nacido en casa de mis padres, yo le llevaba conmigo como quien lleva un perro de lanas, porque la verdad es que no me servía para maldita la cosa, pues siempre ha sido torpón y desidioso. Escondiéndole la bebida, aún se lograba hacer carrera de él, pero en cuanto lo cataba, un cepo, una piedra. En Atenas a fuerza de prohibir yo en el hotel que le diesen a probar ni vino ni alcohólicos, íbamos saliendo del paso. Al regresar de la embajada, la víspera de la excursión, llamo al bueno de Benito, y le doy órdenes y las llaves, y le encargo repetidamente que al rayar el día tenga mi caballo ensillado y preparadas mis armas, y me despierte aunque sea a trompicones; hecho lo cual me adormezco pensando en Eva.

Cuando abro los ojos, el sol entra a torrentes en mi cuarto. Despavorido, me echo de la cama y miro el reloj; marcaba las once. Grito como un insensato llamando a Benito. Benito no contesta. Salgo al cuarto del tocador, de allí al pasillo... y tropiezo con un bulto negro, una bestia que ronca...; es Benito, ¡Benito, más borracho que un pellejo! Comprendo instantáneamente... Dueño de mis llaves, había asaltado un armario donde yo guardaba, entre mis trastos, una cave a liqueurs, y a aquellas horas la cabalgata se encontraría cerca de Maratón, y yo sería para Eva el ser más despreciable y más ridículo.

Desde que estaba en el viejo continente, no había empleado el bejuco. Cegué, y arremetiendo contra el negro, le di tal soba, que volvió en sí llorando y gimiendo que le asesinaban. Cuando me harté de pegarle, pensé en ensillar el caballo y reunirme a la comitiva... Pero era preciso buscar guía, pues de otro modo, ¿cómo orientarme en la planicie? Y antes de que el guía pareciese, ya se divulgaba por Atenas la noticia espantosa; los bandoleros habían copado la expedición, cogiendo prisioneros a los expedicionarios, después de una heroica resistencia y de herir gravemente a alguno; las mujeres habían sufrido peor suerte, escarnecidas a la vista de sus maridos y hermanos, que, atados de pies y manos, no las podían defender... Ya supone usted cuál me quedaría, no he sufrido nunca impresión más atroz.

-Recuerdo el caso... Se llevaron a los ingleses, exigiendo un enorme rescate y amenazando con atormentarlos mientras el rescate no llegara... Si no me equivoco a Lord*** le fueron mechando y cortando en pedacitos: no hay idea de martirio semejante...

-¡Ea!, pues de eso me libré yo por estar Benito borracho perdido -afirmó el marqués, requiriendo la petaca-. Desde entonces le dejo beber lo que quiera... y el amo aquí es él.

-Según eso, ¿habrá usted comprendido que un hombre de color no es un perro?

-Claro que no. Los perros no se emborrachan nunca.

-¿Y Eva? ¿Sufrió el destino de las otras? Estaría muy bien empleado.

-¡Pues ahora caigo en que falta lo mejor! -exclamó el marqués-. Eva, por un antojito, porque no le gustaba su traje de amazona, también se había quedado en Atenas... ¡y si Benito me despierta y acierto a ir con la expedición, no sólo pierdo la vida, sino los deliciosos ratos que debí a Eva después..., cuando ya se ablandó su corazón intrépido!

Voy a escribir una historieta de amores. A pesar de la ciencia, de la economía política, de la política contra la economía, de los problemas militares, de las huelgas y las manifestaciones, el amor conserva aún su atractivo pueril, su gracia patética o sonriente. Es el amor todavía un angélico revoltoso, salado y dulce, y el aire de sus rizadas alitas, durante las abrasadas siestas del verano, refresca las sienes de mucha gente moza. Fáltale al amor actualidad, pero le sobra eternidad. Mi cuento demostrará por millonésima vez, que el dominio del amor se extiende a todas las criaturas y que, según a porfía repiten poetas y autores dramáticos, no hay para el amor desigualdades sociales.

Llamábase mi heroína Muff, que en alemán quiere decir "manguito", y le pusieron tal nombre porque, en efecto, el fino pelaje que la revestía daba a su diminuto corpezuelo cierta semejanza con un manguito de rica piel gris. Dama hubo que se equivocó y echó mano a Muff- pero la dueña de la lindísima grifona intervino, exclamando:

-Cuidado... que salgo perdiendo yo. No hay manguitos de ese precio.

Verdad indiscutible, de las que se demuestran con cifras. Hasta dos mil francos puede costar un manguito si es de chinchilla de primera, y por Muff se pagaron al contado tres mil. Hoy las pieles han subido: me refiero a los precios de entonces. Todavía es preciso agregar al coste de Muff el importe de sus joyas; dos collares chien, de perlitas uno, otro de coral rosa con pasadores de diamantes, y un par de cascabeles de oro incrustado de rosas y zafiros, dije útil, pues revelaba con su tilinteo la presencia de Muff y la salvaba de morir aplastada de un pisotón. No omitamos tampoco en el presupuesto de Muff -nada ha que omitir, tratándose de presupuestos- el valor del elegante trousseau remitido de París, donde existen modistas y talleres especialmente dedicados a este ramo. Poseía Muff y lucía con frecuencia, según la estación, sus mantas acolchadas de terciopelo, raso y gro Pompadour, con bolsillito para el microscópico pañuelo perfumado de lilas blanc; sus botas de caucho

o cabritilla, sus collarines de rizada pluma, y creo ocioso añadir que dormía en lecho de edredón con múltiples cojines bordados y blasonados.

¡Ah! Si las riquezas, la ostentación, el lujo, la vanidad, bastasen a los corazones sensibles, ¡quién más feliz que Muff!. Era su existencia la realización de un cuento de hadas. Habitaba un palacio lleno de preciosidades artísticas; tenía a su servicio una doncella, diligente, cuidadosa y mimosa, la Paquita, que, despúes de bañar a Muff en agua tibia, frotarla con jabón exquisito, enjuagarla con suave lienzo y peinarla, hasta esponjar sus plateadas sedas, le servía en cuencos de porcelana golosinas selectas y, terminada la refacción, frotaba los dientecillos de su ama con un cepillo empapado en elixir, a fin de que tuviese el aliento balsámico, y fresca la boca. Si Muff salía, iba en coche, por supuesto, enganchado para ella expresamente; llevábanla al Retiro, y el lacayo, bajándola en el punto más solitario y de aire más puro la dejaba brincar y correr, hacer ejercicio higiénico, solazarse a su libertad. Tampoco faltaban a Muff satisfacciones de amor propio. Cuantos la veían, extasiábanse con la monada del manguito vivo y alababan el pelo argentado, los ojos negros, inmensos, medio velados por las revueltas sedas, el hociquito diminuto, semejante a un trufa, la jeta encantadora. Así y todo, entre tantos mimos y esplendores, andaba mustia la grifona, y a veces sus vastas pupilas expresaban nostálgica aspiración.

Cuando Dios creó a los seres allá en las frondas tupidas del Edén, clavóles adentro, muy adentro, en lo íntimo y profundo de la voluntad, un aguijón, un estímulo, especie de alfiler que sin cesar punza y se hinca y no consiente minuto de sosiego. Reclinada en sus fofos almohadones de seda, o agasajada en brazos del lacayo, acariciada por Paquita, o correteando por las sendas enarenadas del Retiro, Muff sentía la punta aguzada hincarse más honda. "No eres feliz, pobre Muff, te falta la sal de la vida, la esencia del licor", sugería el alfiler por medio de tenaces picaduras reiteradas; y Muff, en lánguida postura, con el hocico ladeado y una patita péndula, suspiraba, y al anhelar de su pecho, el cascabel de oro del collar hacía misterioso "tilín". Un sagaz observador comprendería al punto lo que le dolía a Muff; pero no supieron entenderlo sus poseedores, o no quisieron, si se da crédito a versiones que parecen autorizadas. En consejo de familia fue sentenciada Muff a ignorar eternamente las alegrías amorosas y las sublimes, pero arduas, faenas de la maternidad. Objeto de lujo, primoroso bibelot, no debía estropearse. Y al notarla melancólica, decía la Paquita, presentando tentador plato de dorados bizcochos:

-¡Anda, monina, tontina, no "pienses" en "eso"!

Un atardecer, al bajarse Muff de su coche en las umbrías del Retiro, vio que se acercaba a ella, muy brincador y animado, feísimo perrucho. Era un ruin gozquejo callejero, de esos que por turno mendigan y muerden, que rebuscan ávidamente piltrafas entre la basura y perecen estrangulados a manos de laceros municipales. Al ver al chucho, con su zalea amarillenta y sucia, el primer movimiento de Muff fue un remilguito desdeñoso. Violo el lacayo y atizó al gozque soberano puntapié, que le hizo exhalar un alarido doliente. La compasión reemplazó al desdén, y Muff corrió hacia el lastimado, deseosa de consolarlo.

Ya él volvía, sin miedo ni rencor, a rabisalsear en torno de Muff. Empezó el juego con amistosos ladridos, mordisquillos en chanza, hociqueos y otras manifestaciones expresivas e indiscretas de la cordialidad perruna. Los separaron, y Muff fue recogida a casa; pero al siguiente día, apenas descendió del coche, halló de nuevo al gozquecillo, alegre, insinuante, porfiado como él solo. Quiso la maliciosa casualidad que también el lacayo guardián de Muff tuviese un encuentro, el de su paisana la niñera Lucía, muchacha rubia de buen palmito. Mientras los dos paisanos pegaban la hebra, la aristocrática grifona y el can plebeyo se entendían gustosos. Quizá la sentimental perita confesó sus aspiraciones románticas y el vacío de su dorada esclavitud; acaso el pobrete apasionado de aquella beldad de alto coturno refirió sus luchas por la existencia, sus días de inanición, la vagancia, los palos recibidos, el poema de una miseria sufrida con estoico desprecio. Lo cierto es que, insensiblemente, aprovechando la distracción de su custodio, Muff se apartó del coche, y, guiada por el perrucho, perdióse entre las alamedas y macizos de árboles, en dirección a la salida del Retiro, hacia Atocha. ¡El seductor iba delante, enseñando el camino; Muff le seguía, intrépida, sin volver el hocico atrás; y al rápido trotecillo de sus menudas patitas, tilinteaba suavemente, en ritmo musical, con una especie de emoción, el áureo cascabel, al cual enviaba corrientes de electricidad el corazón venturoso!

Todos los periódicos anuncian la pérdida de Muff. La gratificación ofrecida es cuantiosa. Muff, sin embargo, no aparece. ¿Qué ha sido del manguito viviente, del rebujo de argentadas sedas, entre las cuales lucen las negrísimas pupilas enormes? ¿Que hicieron de Muff la vida nómada, el abandono, la necesidad? ¿La robó un aficionado y no quiere restituirla? ¿Yace en la alcantarilla tiesa, helada, despojada de su collar y su cascabel de oro y piedras? ¿O, aceptando su humilde destino, ha dejado voluntariamente las galas de la riqueza, y, tiritando, acompaña a su esposo, ronda con él al amanecer y hoza en los montones de estiércol para engañar el hambre, el hambre, enemigo del amor, severo juez que, inflexible, lo castiga, verdugo que lo mata?

Era la noche más espantosa de todo el invierno. Silbaba el viento huracanado, tronchando el seco ramaje; desatábase la lluvia, y el granizo bombardeaba los vidrios. Así es que el comadrón, hundiéndose con delicia en la mullida cama, dijo confidencialmente a su esposa:

-Hoy me dejarán en paz. Dormiré sosegado hasta las nueve. ¿A qué loca se le va a ocurrir dar a luz con este tiempo tan fatal?

Desmintiendo los augurios del facultativo, hacia las cinco el viento amainó, se interrumpió el eterno "flac" de la lluvia, y un aura serena y dulce pareció entrar al través de los vidrios, con las primeras azuladas claridades del amanecer. Al mismo tiempo retumbaron en la puerta apresurados aldabonazos, los perros ladraron con frenesí, y el comadrón, refunfuñando se incorporó en el lecho aquel, tan caliente y tan fofo. ¡Vamos, milagro que un día le permitiesen vivir tranquilo! Y de seguro el lance ocurriría en el campo, lejos; habría que pisar barro y marcar niebla... A ver, medidas de abrigo, botas fuertes... ¡Condenada especie humana, y qué manía de no acabarse, qué tenacidad en reproducirse!

La criada, que subía anhelosa, dio las señas del cliente; un caballero respetable, muy embozado en capa oscura, chorreando agua y dando prisa. ¡Sin duda el padre de la parturienta! La mujer del comadrón, alma compasiva murmuró frases de lástima, y apuró a su marido. Este despachó el café, frío como hielo, se arrolló el tapabocas, se enfundó en el impermeable, agarró la caja de los instrumentos y bajó gruñendo y tiritando. El cliente esperaba ya, montado en blanca yegua. Cabalgó el comadrón su jacucho y emprendieron la caminata.

Apenas el sol alumbró claramente, el comadrón miró al desconocido y quedó subyugado por su aspecto de majestad. Una frente ancha, unos ojos ardientes e imperiosos, una barba gris que ondeaba sobre el pecho, un aire indefinible de dignidad y tristeza, hacían imponente a aquel hombre. Con humildad involuntaria se decidió el comadrón a preguntar lo de costumbre: si la casa donde iban estaba próxima y si era primeriza la paciente. En pocas y bien medidas palabras respondió el desconocido que el castillo distaba mucho; que la mujer era primeriza, y el trance tan duro y difícil, que no creía posible salir de él. "Sólo nos importa la criatura", añadió con energía, como el que da una orden para que se obedezca sin réplica. Pero el comadrón, persona compasiva y piadosa, formó el propósito de salvar a la madre, y picó al rocín, deseoso de llegar más pronto.

Anduvieron y anduvieron, patrullando las monturas en el barro pegajoso, cruzando bosques sin hoja, vadeando un río, salvando una montañita y no parando hasta un valle, donde los grisáceos torreones del castillo se destacaban con vigoroso y escueto dibujo. El comadrón, poseído de respeto inexplicable se apeó en el ancho patio de honor, y, guiado, por el desconocido, entró por una puertecilla lateral, directamente, a una cámara baja de la torre de Levante, donde, sobre una cama antigua, rica, yacía una bellísima mujer, descolorida e inmóvil. Al acercarse, observó el facultativo que aquella desdichada estaba muerta; y, sin conocerla se entristeció. ¡Es que era tan hermosa! Las hebras del pelo, tendido y ondeante, parecían marco dorado alrededor de una efigie de marfil; los labios color de violeta, flores marchitas; y los ojos entreabiertos y azules, dos piedras preciosas engastadas en el cerco de oro de las pestañas densas. La voz del desconocido resonó, firme y categórica:

-No haga usted caso de ese cadáver. Es preciso salvar a la criatura.

De mala gana se determinó el comadrón a cumplir los deberes de su oficio. Le parecía un crimen, aunque fuese con buen fin, lacerar aquel divino cuerpo. Obedeció, no obstante, porque el desconocido repetía con acento persuasivo, y terrible, tuteando al médico:

-No la respetes por hermosa. Está muerta, y nada muerto es hermoso sino en apariencia y por breves instantes. La realidad ahí es descomposición y sepulcro. ¡Nunca veneres lo que ha muerto! ¡Inclínate ante la vida!

Y de pronto, en el instante mismo en que el facultativo se disponía a emplear el acero, el extraño cliente le cogió la mano, susurrándole al oído:

-¡Cuidado! Conviene que sepas lo que haces. Ese seno que vas a abrir encierra no un ser humano, no una criatura, sino "una verdad". Fíjate bien. Te lo advierto. ¿Sabes lo que es "una verdad"? Una fiera suelta que puede acabar con nosotros, y acaso con el mundo. ¿Te atreves, ¡oh comadrón heroico!, a sacar a luz "una verdad"?

-El comadrón vaciló; el frío del instrumento que empuñaba se comunicaba a sus venas y a sus huesos. Castañeteaban sus dientes; temblaba de cobardía y de egoísmo. "¡Una verdad!" Ni hay tea que así incendie, ni rayo que así parta, ni torrente que así devaste, ni peste tan contagiosa. ¿Y quién le había de agradecer que cooperase al feliz nacimiento de una verdad? ¿Qué mayor delito para su mujer, sus amigos, su pueblo, su nación tal vez? ¿Qué crimen se paga tan caro? Quería arrojar el bisturí... Por último, la conciencia profesional triunfó. ¡El deber, el deber! No se podía dejar morir al engendro. Y después de una faena angustiosa, realizada con seguro pulso y mano certera, presentó al desconocido una criatura extraña y repugnante, una especie de escuerzo, de trazas ridículas, negruzco, flaco, informe.

-Este monigote no puede ser "una verdad" -exclamó, respirando a gusto, el facultativo.

-Porque es "verdad" te parece fea al nacer -declaró el desconocido, que miraba con transporte a la criatura-. Cuando las verdades nacen, horrorizan a los que las contemplan. Hasta que las abrigamos en nuestro pecho; hasta que les damos el calor de nuestra vida y el jugo de nuestra sangre; hasta que afirmamos su belleza como si existiese; hasta que nos cuestan mucho, no son hermosas. Esta, ya lo ves, ha acabado con su madre... ¡No se lleva impunemente en las entrañas una verdad! Y ahora la verdad queda huérfana; queda abandonada. Yo no he de ampararla. Obligaciones estrechas me llaman a otra parte. Soy el que anuncia, no el que protege y salva. ¿Quieres tú encargarte de la recién nacida? ¿Tienes valor? ¿Eres digno de proteger a la verdad?

Cuando así le interpelan, no hay hombre que no guste de fanfarronear un poco. En el alma se despierta la viril arrogancia, y responde al llamamiento como el corcel de batalla al toque penetrante del clarín. Hace la vanidad oficio de resolución, y por un instante es sincero el deseo de la gloriosa batalla y el ansia del sacrificio. El comadrón tendió los brazos, recibió en ellos al raquítico ser, y declaró gallardamente:

-Ya tiene padre.

El desconocido le echó una ojeada especial, seria, escrutadora, hondísima; ojeada de abismo abierto. ¿Reconvención o alabanza? ¿Duda o fe? Nunca se supo. Lo cierto es que el comadrón envolvió en paños blancos a la recién nacida; que comió pan y bebió vino, para reconfortarse; que ensilló otra vez su rocín, y con la criatura en brazos y tapada y agasajada, emprendió la vuelta.

Declinaba la tarde; los rayos oblicuos del sol eran como miradas de severos ojos, nublados por el desengaño y enrojecidos por la indignación secreta. Las aves callaban, las pocas aves que se ven en los últimos meses del invierno; pero no tardaría el mochuelo en exhalar su queja ronca, porque ya se acercaba la mala consejera: la noche.

Y el comadrón, sin dejar de apurar a su montura, pensaba en la llegada. ¡Presentarse así, llevando en brazos un crío! ¡Si al menos fuese un angelito, una monada, una manteca con hoyuelos, una peloncita rubia y sedosa, dispuesta a encresparse en sortijillas! ¡Pero aquel monstruo! Desvió los paños, contempló a la criatura... Ya no estaba amoratada. Respiraba bien. Parecía más fuerte y más grande. Entre sus labios lucían, ¡qué asombro!, cuatro blancos dientes. ¡Qué robusta nacía la maldita! Y cual si quisiese demostrar el brio y el ansia vital con que salía al mundo, la recién nacida - buscó el dedo del comadrón y lo mordió. Después rompió a llorar, con llanto vehemente, ávido, que aturdía.

El comadrón sintió impaciencia y enojo. ¿De qué manera acallaría el grito de la verdad, ese grito tan molesto, capaz de atraer a los malhechores? Tapar la boca... Primero apoyó la palma de la mano; después furioso, porque seguía el escándalo, envolvió la cabeza de la criatura en la vuelta del impermeable; y, por último, apretó, apretó, hasta que lentamente se apagaron los quejidos... Cayó la noche; llegó el momento de vadear el río; y como la criatura, silenciosa ya, estorbaba en brazos, el comadrón desenvolvió el abrigo, cogió el cuerpo, lo balanceó y lo arrojó a la corriente.

EL VOTO DE ROSIÑA

Si hay luchas electorales reñidas y encarnizadas, ninguna como la que presenció en el memorable año de 18... el distrito de Palizás (no se busque en ningún mapa). Digo que la presenció, y digo mal, porque, en efecto, la representó a lo vivo, y aún, con mayor exactitud, la padeció, sangró de ella por todas las venas. Cuando obtuvo la victoria el candidato ministerial, hecho trizas quedó el distrito. Piérdese la cuenta de los atropellos, desafueros, barrabasadas, iniquidades y trapisondas que costó "sacar" al joven Sixto Dávila, protegido a capa y espada por el ministro, pero combatido a degüello por el señor don Francisco Javier Magnabreva, conspicuo personaje de la anterior situación.

Sixto Dávila, muchacho simpático y ambiciosillo, había aceptado aquel distrito de batalla..., entre varias razones de peso, porque no le daban otro; y contando con su actividad y denuedo, impulsado por las brisas favorables que siempre soplan en la juventud -ya se sabe que no es amiga de viejos la señora Fortuna-, se propuso trabajar la elección, estar en todo y no perder ripio. A caballo desde las cinco de la mañana hasta las altas horas de la noche; ayunando al traspaso o comiendo lo que saltaba; descabezando una siesta cuando podía; afrentando con su intacto capital de salud y vigor los reumatismos y la apoltronada pachorra de su contrincante, Sixto incubó su acta hasta sacarla del cascarón vivita y en regular estado de limpieza.

No fueron únicamente energías físicas las que derrochó el mozo candidato. También hizo despilfarros oportunos de frases amables, persuasivas y discretas. Con un instinto y una habilidad que presagiaban brillante porvenir, Sixto Dávila supo decir a cada cual lo que más podía gustarle, y se captó amigos gastando esa moneda que el aire acuña: la palabra.

Aunque la gente de Palizás es suspicaz y ladina y no se deja engatusar fácilmente, la labia de Sixto dio frutos, especialmente al dirigirse a una mitad del género humano que no entiende de política y obedece a las impresiones del corazón. Sabía el candidato ministerial presentar a los electores las doradas perspectivas y los horizontes risueños del favor y la influencia; pero se excedía a sí mismo al hablar a las mujeres, halagando su amor propio. Hay quien opina que Sixto, al desplegar tales recursos, no hacía sino practicar una asignatura que tenía muy cursada, y es posible que así fuese, lo cual en nada amengua el mérito del muchacho.

Como suele suceder a los grandes actores, que hasta sin querer están en escena, Sixto, durante su tournée electoral, solía gastar pólvora en salvas, regalando miel sólo por regalar, sin miras interesadas y egoístas. Así, verbigracia, con Rosiña la tejedora. Era Rosiña una pobre huérfana; no pudiendo cultivar la tierra por falta de hombres en su casa, y reducida a sacar a pastar una vaca por las lindes, se ganaba la vida con un telar primitivo y rudo, tejiendo el lino que ella misma tascaba y hasta hilaba pacientemente a la luz del candil en invierno. ¿Qué necesitaba Rosiña para subsistir? Un mendrugo de borona, un pote de coles, una manzana verde, una sardina salada, una taza de leche "presa"... Dios, que viste a los lirios del campo, más holgazanes que Rosiña, pues nos consta que no hilan ni tejen, había adornado a la humilde "tecelana" con una primavera en las mejillas y un apretado haz de rayos de sol en la trenza doble que colgaba hasta sus caderas, y al pasar Sixto por delante de la choza y oír el runrún... del telar activo, y divisar a la laboriosa muchacha -aunque sabía perfectamente que no tenía padre, hermano, ni novio que pudiesen votarle-, se detuvo, se bajó del jaco, pidió agua "de la ferrada" o leche "de la vaquiña", bebió, alabó, agradeció y sostuvo con Rosa una plática que sólo podrían narrar las ramas del cerezo que sombrea el arroyo más cercano.

Ocurrió este pequeño episodio dos días antes de que cierto formidable cacique, al servicio y devoción del señor de Magnabreva, se decidiese, desesperado ya, a jugar el todo por el todo, a fin de salvar la elección comprometidísima y a dos dedos de perderse irremisiblemente. Lo apurado del caso le sugería un supremo recurso, que el desalmado vacilaba en emplear, porque hay remedios heroicos que pueden ser funestos, sobre todo cuando no se administran desde las alturas del Poder... Más que el inminente triunfo de Sixto tentó al cacique la ciega confianza del joven candidato "No quiero ser cunero antipático, diputado impuesto, sino popular y querido", decía Sixto, gozándose en aparecer donde menos se contaba con él, en sorprender a sus partidarios con iniciativas propias. Esto decidió al enemigo. El golpe se tramó en una tabernucha, cuyo dueño era de los contrarios de Sixto; la taberna se alzaba al borde de la carretera, no lejos de la choza de Rosiña. Habíanse reunido allí los más ternes, los capaces de hacer una hombrada dejándose encausar después, seguros de que mano próvida y que alcanzaba muy lejos les había de mullir colchón para que no les doliese el porrazo. Uno de los conspiradores, conocido por varias siniestras fechorías, era radical: quería "dejar seco" a Sixto Dávila; otro proponía un secuestro; pero el cacique, prudente y cauto, emitió distinto parecer; nada de navajazos, nada de armas de fuego, que hacen ruido y alarman; nada de escopetas, ni siquiera de garrotes.

-Aquí lo que interesa es que se inutilice..., para la elección, vamos... para estos días; que no pueda menearse, porque... si sigue meneándose y apretando, ¡nos revienta! Tú, Gallo -ordenó al primero-, me vas a traer hoy un carreto de arena fina de la mar... ¡que así como así, te hace falta para echar a la heredad del trigo! Tú... -mandó al dueño de la taberna- le dices a la mujer que amañe unos sacos de lienzo bien hechitos y larguitos y fuertes... Él ha de pasar por aquí mañana al anochecer, para ir a Doas, a casa del cura... ¡Y cuidado, muchos golpes en la espalda... pero a modo, a modo, como quien no hace daño...!

La mañana que siguió al conciliábulo, Rosiña fue llamada por la tabernera para que suministrase el lienzo, y cortase, y cogiese, y rellenase los sacos... Nadie desconfiaba de la rapaza, a quien la tabernera, además, encargó el mayor sigilo. "Son para hacerle unos cariños a un galopín, mujer..." Por alusiones e indiscreciones, Rosiña adivinó quién sería el acariciado; y temblando lo mismo que una vara verde, empezó su faena. La mano no acertaba a manejar la aguja, los ojos se nublaban. Demasiado sabía ella los "cariños" que con los sacos de arena se hacen. El que los recibe no dura mucho, no... Al pronto sólo advierte gran postración, profundo decaimiento; queda molido, rendido, deseoso únicamente de extenderse en la cama pero sin dolor alguno, sin enfermedad; y pasan días, y no recobra el apetito, y palidece, y arroja sangre por la boca hasta que al fin... Y Rosiña veía al señorito guapo y llano y de palabreo tierno, que le había pedido agua de la "ferrada", tendido entre cuatro cirios, menos amarillos que su rostro...

Al anochecer, como Sixto, al galope de su caballejo se aproximase a la taberna, el jaco pegó un respingo, y el jinete vio surgir de pronto una mujer que se agarró a la brida con fuerza. Reconoció a Rosiña, la tejedora..., y sus primeras frases fueron alegres galanterías. Pero la moza, balbuciente de terror, pidió atención, refirió una historia... Sixto -después de vacilar un instante- echó pie a tierra y con el caballo del diestro, emparejando con Rosiña, guiado por ella, callados los dos, tomó a campo traviesa en busca de un sendero oculto por los árboles. Para volver atrás era tarde, y seguir adelante, una temeridad insensata. Su vida peligraba, y con horrible peligro... "No tenga miedo, señorito, que en mi casa no le buscan", advirtió la moza, al disponerse a dar acomodo en el establo de su vaca a la montura del candidato.

En efecto, nadie le buscó allí; a la mañana la Guardia Civil, avisada por Rosiña le recogió y escoltó hasta dejarle en salvo. Y Sixto Dávila venció en toda línea; pero no sospecha nadie en Gobernación ni en los pasillos del Congreso que el triunfo se debió al voto de Rosiña, la tejedora.

Los sentimientos más nobles pueden pecar por exceso; lo malo es que esta verdad a duras penas la aprende el corazón..., y la razón sirve de poco en conflictos de orden sentimental. Oíd un caso..., no tan raro como parece.

Gonzalo de Acosta era modelo de hijos buenos, amantes, fanáticos. Huérfano de padre desde muy niño, se había criado en las faldas de su madre; ella le cuidó, le educó, le sacó al mundo; le formó, por decirlo así, a su imagen y semejanza. Entró en la vida Gonzalo dominado por una convicción arraigadísima: la de que todas las mujeres pueden ser débiles y falsas, salvo la que nos llevó en su seno. Lo que ayudaba a confirmar a Gonzalo en su idolatría filial era la aprobación, la simpatía de la gente. Por el hecho de respetar a su madre, el mundo le respetaba a él, y las niñas casaderas le ponían azucarado gesto, y las mamás le sonreían con más benevolencia. Cuando pasaba por la calle llevando a su madre del brazo, una atmósfera de aprobación y de consideración halagadora le acariciaba suavemente.

A la edad en que se asimilan los elementos de cultura y se forma el criterio propio, Gonzalo, a pesar de sus dudas sobre ciertas materias arduas, se mantuvo en buen terreno, confesando que lo hacía principalmente por no desconsolar y escandalizar a su santa madre. Con ella oía misa muchas veces; por ella llevaba al cuello un escapulario de los Dolores; y hasta cuando ella no estaba presente, por ella hacía Gonzalo, sin analizarlas, mil graciosas y dulces niñerías.

Frisaba ya Gonzalo en los veintiocho, y su madre comenzó a insinuarle que pensase en bodas. La casualidad le hizo conocer entonces a una señorita hermosa, discreta, bien educada, rica; un fénix que ni escogido con la mano. La misma madre de Gonzalo fue quien le obligó a observar las perfecciones de Casilda y le sugirió pretenderla. Casilda aceptó con franca alegría y expansión los obsequios de Gonzalo, y a los seis meses de conocerse los futuros, bendijo la iglesia su matrimonio.

En una de esas largas y trascendentales conversaciones que se entretejen durante el primer cuarto de la luna de miel, y que tanto descubren los caracteres y los pensamientos. Gonzalo habló largamente de su madre y del puesto que ocupaba en sus afectos y en su existencia. Casilda escuchaba, primero sonriente, después reflexiva y grave. Impulsado por la plenitud del corazón, Gonzalo confesó que había pretendido a Casilda atendiendo a las indicaciones maternales, y que por eso mismo creía segura la dicha, puesto que en su madre no cabía error. Al oír esto relampaguearon los preciosos ojos de Casilda; y apartando el brazo con que rodeaba el cuello de su esposo, dijo firmemente estas o parecidas razones:

-Has hecho mal en todo eso, Gonzalo; muy mal. No he de limitar el cariño que tu madre te inspira; pero creo que no te es lícito quererla más que a mí, y que en algo tan personal y tan íntimo como el lazo de unión entre esposos, la iniciativa no puede ser ajena, sino propia. A los padres no les escogemos; pero al que hemos de amar toda la vida, el dueño de nuestro albedrío, es un rey electivo, y somos responsables de la elección. Por lo que veo, tú no me elegiste. Para tu modo de entender el matrimonio, debiste buscar siquiera una niña apática, que se contentase con un amor reflejo de otro amor; yo soy una mujer que sabe amar y exige el pago; que quiere ser honrada y aspira a encontrar en su esposo toda la felicidad a que tiene derecho. Lo absurdo de tu modo de sentir engendra en mí otro absurdo semejante, y es que de hoy más sentiré celos de tu madre, celos del alma..., y ya no viviremos en paz nunca; lo conozco, porque me conozco.

Gonzalo, aunque sorprendido, no dio gran importancia a las expansiones de su mujer. Con halagos y ternezas probó a calmarla, y se creyó victorioso así que reconquistó el brazo de Casilda, aquel que se había desviado de su cuello. Pero un brazo no es un alma.

Desde el instante funesto, la luna de miel tuvo velo de nubes. No tardó en ver Gonzalo que Casilda buscaba las distracciones, la sociedad y el bullicio, como si quisiese aturdirse o explorase horizontes nuevos. Poco a poco, Gonzalo, en su pesimismo, comenzó a dudar, primero del cariño, y después, de la fidelidad de Casilda. Herido, ulcerado, rebosando humillación, fue a refugiarse en el único sitio donde creía poder desahogar sus penas: el seno de su madre. Y al abrazarla y al bañarle el rostro de lágrimas ardientes, exclamaba el hijo: "No hay más mujer buena que tú, mamá. Debí no repartir mi amor; debí conservarlo para ti sola. Perdóname y vivamos como si nada hubiese sucedido". En efecto, aquel mismo día se separaron los esposos. Casilda se fue a vivir a París.

De allí a un año o poco más recibió Gonzalo dos golpes terribles. Perdió a su madre... y supo que Casilda tenía una niña, nacida a los seis meses de la separación.

Pasado el primer estupor, una claridad repentina iluminó su espíritu haciéndole ver todo de distinta manera que antes. La muerte de su madre, le enseñaba cómo el amor filial, con ser tan puro y tan sagrado, no puede, por su esencia misma, acompañarnos hasta el sepulcro, de suerte que la "compañera" es únicamente la esposa; y el nacimiento de aquella niña le decía a las claras que el amor es antorcha que las generaciones se transmiten de mano en mano, y el que nos dieron nuestras madres se lo restituimos a nuestros hijos después.

Lo tremendo de la situación de Gonzalo consistía en que, a pesar de la agitación y la emoción profundísima que el nacimiento de la niña le causaba, su desconfianza mortal y las apariencias de última hora no le permitían creer que fuese realmente su sangre. Le enloquecía la idea de paternidad representada por aquella niña; pero faltábale la fe, primera virtud del padre, base de su felicidad inmensa. El silencio de Casilda, el tiempo que iba transcurriendo sin nuevas de París, ayudaron al convencimiento amargo y vergonzoso de Gonzalo. Solo, dolorido, misántropo, fue dejando correr su edad viril entre desabridas diversiones y trasnochadas aventuras.

Hacía quince años que arrastraba vivir tan intolerable, cuando una noche, en el teatro de la Comedia, mirando por casualidad a un palco entresuelo, se creyó víctima de un error de los sentidos: tal vuelco dio su sangre, viendo a la muchacha encantadora que acababa de dejar los gemelos sobre el antepecho y se inclinaba para mirar hacia las butacas, sonriente. La muchacha era el retrato vivo, animado, de la madre de Gonzalo, tal cual la representaba precioso lienzo de Madrazo, con la frescura de la primera juventud. Si la figura se hubiese bajado del cuadro, no podía ser más asombrosa la semejanza, ayudaba por el parecido de la moda actual con la moda de 1830. Trémulo, espantado, al mismo tiempo que frenético de alegría, Gonzalo entrevió, en el asiento de respeto del palco, otra cabeza de mujer que conoció, a pesar del estrago del tiempo transcurrido: su esposa Casilda. Y la conciencia de que aquella jovencita era su hija del corazón, le inundó como una ola que lo arrebata todo: dudas, penas, el pasado entero.

Habría que gastar muchas páginas en referir los pasos que dio Gonzalo, la suma de actividad que desplegó, para conseguir que le fuese permitido vivir cerca de la hija revelada y adorada en un minuto, el minuto divino de verla.

-¡Inútil esfuerzo, lucha estéril en que consumió sus últimas energías! Una carta decisiva, escrita por Casilda algunas horas antes de regresar a Francia, decía, sobre poco más o menos, lo siguiente: "Nuestra hija me quiere a mí como tú quisiste a tu madre. Si la separas de mí no lo resistirá. Es tarde para todo: resígnate, como yo me resigné en otra edad más difícil. Lo único que me dejaste es la niña: no la cedo".

Y Gonzalo, mordiendo de dolor el pañuelo con que enjugaba sus ojos, murmuró:

-Es justo.

¿La historia de mi boda?

Oiganla ustedes; no deja de ser rara.

Una escuálida chiquilla de pelo greñoso, de raído mantón, fue la que me vendió el décimo de billete de lotería, a la puerta de un café a las altas horas de la noche. Le di de prima una enorme cantidad, un duro. ¡Con qué humilde y graciosa sonrisa recompensó mi largueza!

-Se lleva usted la suerte, señorito -afirmó con la insinuante y clara pronunciación de las muchachas del pueblo de Madrid.

-¿Estás segura? -le pregunté, en broma, mientras deslizaba el décimo en el bolsillo del gabán entretelado y subía la chalina de seda que me servía de tapabocas, a fin de preservarme de las pulmonías que auguraba el remusguillo barbero de diciembre.

-¡Vaya si estoy segura! Como que el décimo ese se lo lleva usted por no tener yo cuartos, señorito. El número... ya lo mirará usted cuando salga... es el mil cuatrocientos veinte; los años que tengo, catorce, y los días del mes que tengo sobre los años, veinte justos. Ya ve si compraría yo todo el billete.

-Pues, hija -respondí echándomelas de generoso, con la tranquilidad del jugador empedernido que sabe que no le ha caído jamás ni una aproximación, ni un mal reintegro-, no te apures: si el billete saca premio..., la mitad del décimo, para ti. Jugamos a medias.

Una alegría loca se pintó en las demacradas facciones de la billetera, y con la fe más absoluta, agarrándome una manga, exclamó:

-¡Señorito! Por su padre y por su madre, déme su nombre y las señas de su casa. Yo sé que de aquí a cuatro días cobramos.

Un tanto arrepentido ya, le dije como me llamo y donde vivía; y diez minutos después, al subir a buen paso por la Puerta del Sol a la calle de la Montera, ni recordaba el incidente.

Pasados cuatro días, estando en la cama, oí vocear "la lista grande". Despaché a mi criado a que la comprase, y cuando me la subió, mis ojos tropezaron inmediatamente con la cifra del premio gordo: creía soñar; no soñaba; allí decía realmente 1.420... mi décimo, la edad de la billetera, ¡la suerte para ella y para mí! Eran muchos miles de duros lo que representaban aquellos benditos guarismos, y un deslumbramiento me asaltó al levantarme, mientras mis piernas flaqueaban y un sudor ligero enfriaba mis sienes. Hágame justicia el lector: no se me ocurrió renegar de mi ofrecimiento... La chiquilla me había traído la suerte, había sido mi "mascota"... Era una asociación en que yo sólo figuraba como socio industrial. Nada más Justo que partir las ganancias.

Al punto deseé sentir en los dedos el contacto del mágico papelito. Me acordaba bien: lo había guardado en el bolsillo exterior del gabán, por no desabrocharme, ¿Dónde estaba el gabán? ¡Ah!, allí colgado en la percha... A ver... Tienta de aquí, registra de acullá... Ni rastro del décimo.

Llamo al criado con furia, y le pregunto si ha sacudido el gabán por la ventana... ¡Ya lo creo que lo ha sacudido y vareado! Pero no ha visto caer nada de los bolsillos; nada absolutamente... Le miró a la cara; su rostro expresa veracidad y honradez. En cinco años que hace que está a mi servicio no le he cogido jamás en ningún gatuperio chico ni grande... Me sonrojo lo que se me ocurre, las amenazas, las injurias, las barbaridades que suben a mis labios.

Desesperado ya, enciendo una bujía, escudriño los rincones, desbarajo armarios, paso revista al cesto de los papeles viejos, interrogo a la canasta de la basura... Nada y nada; estoy solo con la fiebre de mis manos, las sequedad de mi amarga boca y la rabia de mi corazón.

A la tarde, cuando ya me había tendido sobre la cama a fumar, para ver de ir tragando y digiriendo la decepción horrible, suena un campanillazo vivo y fuerte, oigo en la puerta discusión, alboroto, protestas de alguien que se empeña en entrar, y al punto veo ante mí a la billetera, que se arroja en mis brazos, gritando con muchas lágrimas:

-¡Señorito, señorito! ¿Lo ve usted? Hemos sacado el gordo.

¡Infeliz de mí! Creía haber pasado lo peor del disgusto, y me faltaba este cruel y afrentoso trance: tener que decir, balbuciendo como un criminal, que se había extraviado el billete, que no lo encontraba en parte alguna y que, por consecuencia, nada tenía que esperar de mí la pobre muchacha en, cuyos ojos negros, ariscos, temí ver relampaguear la duda y la desconfianza más infamatoria...

Pero la billetera alzándolos todavía húmedos me miró serenamente y dijo encogiéndose de hombros:

-¡Vaya por la Virgen! Señorito... no nacimos ni usted ni yo pa millonarios.

¿Cómo podía recompensar la confianza de aquella desinteresada criatura?

¿Cómo indemnizarla de lo que le debía, sí, de lo que le debía? Mi remordimiento y la convicción de mi grave responsabilidad pesaba sobre mí de tal suerte, que la traje a casa, la amparé, la eduqué y por último me casé con ella.

Lo más notable de esta historia es que he sido feliz.

Mucho se hablaba en el barrio de la modistilla y el carpintero.

Cada domingo se los veía salir juntos, tomar el tranvía, irse de paseo y volver tarde, del bracete, muy pegados, con ese paso ajustado y armonioso que sólo llevan los amantes.

Formaban contraste vivo. Ella era una mujercita pequeña, de negros ojazos, de cintura delgada, de turgente pecho; él, un mocetón sano y fuerte, de aborrascados rizos, de hercúleos puños -un bruto laborioso y apasionado-. De su buen jornal sacaba lo indispensable para las atenciones más precisas; el resto lo invertía en finezas para su Claudia. Aunque tosco y mal hablado, sabía discurrir cosas galantes, obsequios bonitos. Hoy un imperdible, mañana un ramo, al otro día un lazo y un pañuelo. Claudia, mujer hasta la punta del pelo, coqueta, vanidosa, se moría por regalos. En el obrador de su maestra los lucía, causando dentera a sus compañeritas, que rabiaban por "un novio" como Onofre.

"Novio"... precisamente novio no se le podía llamar. Era difícil, no ya lo de las bendiciones sino hasta reunirse en una casa, una mesa y un lecho porque ¿y las madres? La de Onofre, vieja, impedida; además, un hermano chico, aprendiz, que no ganaba aún. Así y todo, Onofre se hubiese llevado a Claudia en triunfo a su hogar, si no es la madre de la modista, asistenta de oficio, más despabilada que un candil. Cuando en momentos de tierna expansión, Onofre insinuaba a Claudia algo de bodas..., o cosa para él equivalente, Claudia, respingando, contestaba de enojo y susto:

-¿Estás bebido? Hijo, ¿y mi madre? ¿La suelto en el arroyo como a un perro? Con la triste peseta que ella se gana un día no y otro tampoco, ¿va a comer pan si yo le falto? Déjate de eso, vamos... ¡Que se te quite de la cabeza!

No se le quitaba. Pasar con Claudia ratos de violenta felicidad, era bueno; pero cuánto mejor sería tenerla siempre consigo, a toda hora, sin tapujos..., sin que pudiese la madre cortarles las comunicaciones, como había hecho ya en momentos de enfado. Además, teniendo a Claudia a su vera, públicamente suya, tal vez se le curasen los celos. Los padecía en accesos de furor que trataba de ocultar. Claudia era una gran chica, con su aire de señorita, su talle, que un dependiente de comercio había llamado de palmera... y él, él, tan basto, tan encallecido, ¡que ni firmar sabía! Verdad que tenía fuerza en los brazos y calor en el alma..., y coraje para matarse con cualquiera; eso sí... ¿Bastaba?

Debía bastar, en ley de Dios; sino que ¡se ven tales cosas! Ya dos veces había observado Onofre un hecho extraño. Al rondar la casa de Claudia (aquella maldita casa tenía imán), veía en el portal a la madre, señá Dolores, secreteando con un caballero muy bien portado de gabán de pieles. ¿Era figuración de Onofre? Al divisarle la vieja daba señales de inquietud y el señor se despedía atropelladamente. No importa, no se le despintaba; entre mil de su casta le conocería. Algo grueso, nariz de cotorra, patillas grises, ojos vivos... ¿Qué embuchado se traían? ¿Se trataba de Claudia? "Muy tonto soy -pensó Onofre-; pero, ¡Cristo!, el dedo en la boca no han de metérmelo".

Esto ocurrió hacia Pascua florida. Después de un invierno riguroso y tristón, la primavera desentumecía los cuerpos; los árboles echaban hojas y flores a granel, el sol picaba y reía. El año anterior, ¡Onofre no lo olvidaba!, Claudia, al principiar el buen tiempo, había querido pasear todas las tardes, sin faltar una. Salían temprano, él del taller y ella del obrador, y se iban por ahí hasta las diez dadas. La convidaba a merendar, la hartaba de pájaros fritos y de fresilla. ¡Un despilfarro! Y este año apenas conseguía decidirla a vagabundear dos días por semana. Reacia andaba la chica. ¡Atención, Onofre!

-¿Quién te ha dado ese dije de oro? -preguntó de repente parándose en mitad de la calle, el carpintero a su compañera.

-¿De oro? Si es de dublé... -murmuró ella, azorada.

-A un hombre no se le miente, y si me vuelves a salir por dublé, te meto en casa de mi compadre el platero, y te abochorno la cara. ¡Oro con piedras! ¡Copones! ¿Se puede saber por qué has mentido?

-Verás -balbució Claudia-. Es que... por si te enfadabas... Tenía ahorrados unos cuartos... Lo compré de lance...

-¿Enfadarme yo? ¿Cuándo has visto que me mezcle en tus gastos hija? ¿Lo compraste? ¿Dónde? ¿A quién?

-Me lo vendió la corredora, la Chivita... ¿No la conoces tú? Es una con pelos en la barba...

Calló Onofre. Un relámpago de lucidez horrible acababa de cegarle. ¡Aquello era otro embuste! ¡Una fila de embustes! ¿Con que la Chivita? Él la encontraría aquella misma noche...

Pasaban por la plazuela de Santa Ana. Los árboles del jardín convidaban a descansar a su sombra, de poblados y de verdes que los tenía el abril. Risas de chiquillería, llamadas de niñeras se confundían con los trinos de los canarios y jilgueros "maestros" colgados en jaulas, a las puertas de las tiendas de pájaros y perros. Claudia se paró delante de una de estas tiendas; lo acostumbraba; le gustaban mucho los bichos. Hizo fiestas a un loro, a un gato de Angora, a un falderín, y se entretuvo más con las palomas. ¡Qué ricas! Las había moñudas, de cuello empavonado, de patas calzadas...

-¡Ay! -exclamó-. ¡Esa tiene sangre!... Está herida.

Era una paloma de la casta conocida por "de la puñalada". Sobre el buche, curvo y blanquísimo, un trozo rojo imitaba perfectamente la herida fresca.

-Le habrá dado un corte su palomo -dijo gravemente Onofre-. También los palomos serán capaces de barbaridades si otros les festejan la hembra.

Claudia apartó los ojos y se coloreó. El dicho de Onofre, sin tener nada de particular, le sonaba de un modo muy raro. ¡A saber si era la conciencia! No se tranquilizó, ni mucho menos, cuando Onofre insistió, poniéndose pesado, en regalarle aquella paloma de la cortadura. ¡Si no la podía cuidar; si no la podía mantener! Si apenas tenía tiempo de echar cordilla al gato! ¡Si faltaba jaula!

-También compro la jaula. No te apures. Hermosa, yo no te podré ofrecer de lo que vende Ansorena... pero vamos, ¡que una pobre paloma! ¿Me vas a desairar? ¿No quieres nada mío?

Hablaba en irritada voz. Claudia no se atrevió a negarse. Cargó Onofre con la jaula de mimbres y acompañó hasta su puerta a la muchacha. De allí, derecho, en busca de la corredora. La encontró luego; casualmente estaba en casa. Y sin duda el carpintero, en su interrogatorio, se clareó, descubrió lo que traía entre cejas..., porque la Chivita, avezada a tales indagatorias, imperturbable y con el tono más persuasivo contestó que sí, que ella había vendido a Claudia el dije.

-¿Que día? -insistió Onofre, tozudo.

-¡Ay hijo! ¡Pues no es usted poco curioso! Si una se fuese a acordar con tanto como vende...

-¿Qué costó? ¿Tampoco lo sabe?

-¡Jesús! Aunque me pidiese declaración el señor juez... Veremos si me acuerdo mañana...

Desde la escalera, volviéndose hacia la puerta mugrienta de la Chivita y cerrando los puños, el mocetón rugió entre dientes, con ira inmensa:

-¡Condenada de al...! ¡Todos conchabados para mentirme!...

De casa de la Chivita se fue Onofre a la taberna que encontró más a mano. Era sobrio; no le divertía achisparse. Sólo que hay casos en que un hombre... Pidió aguardiente: lo que emborrachase lo más pronto. Necesitaba convertirse en cepo, no pensar hasta el otro día. Y echó copa tras copa; por fin, se quedó amodorrado, con la cabeza caída sobre la sucia mesa de la tasca.

A la mañana siguiente, a eso de las ocho, salía Claudia para ir como siempre, al obrador. Era la última vez; se despediría de la maestra, de las compañeras, de la labor, de los pinchazos en la yema del dedo. "Aquel señor" -el del dije, el de las grises patillas, las quería en su casa, a ella y a su madre, tratadas como reinas. La madre, ama de llaves...; la hija, ama... ¡de todo! Proposiciones así no se desechan. ¿Y Onofre?... En primer lugar, Onofre no sabía las señas del caballero. Hasta que las averiguase... Después... pasado tiempo... Onofre se resignaría. Así y todo, Claudia llevaba el corazón apretado. Miedo, miedo, un miedo invencible. Al entrar con la jaula de la paloma, señá Dolores había gritado alarmada: "Fuera con eso, mujer; si parece que tiene una puñalá de veras... ¡Vaya un regalo, la Virgen!" Y en sueños, revolviéndose en la estrecha cama, la puñalada sangrienta en el pecho blanco perseguía a Claudia. Le parecía que la herida estaba en su propio seno, y que la sangre, en hilos, manaba y empapaba lentamente las sábanas y el colchón. La pesadilla duró hasta el amanecer.

Ahora iba aprisa. Recogería el jornal, la almohadilla, los avíos, y "¡abur, señora!" ¡Aire! A descansar, a comer bien, a vestir seda, en vez de coserla para otras mujeres menos guapas. Claudia corría, deseosa de llegar. En la esquina, distraídamente, tropezó, resbaló, quiso incorporarse. Una mano ruda la sujetó al suelo; una hoja de cuchillo brilló sobre sus ojos, y se le hundió, como en blanda pasta, en el busto, cerca del corazón. Y el asesino, estúpido, quieto, no segundó el golpe -ni era necesario-. La sangre se extendía, formando un charco alrededor de la cabeza lívida, inclinada hacia el borde de la acera; y Onofre, cruzado de brazos, aguardaba a que le prendiesen, mirando cómo del charco se extendían arroyillos rojos, coagulados rápidamente.

-¡Menudo embeleco! -había exclamado, colérica, la Manuela cuando Lucas ordenó a Sidoro que se pusiese la chaqueta para bajar a la pradera de San Isidro.

En cambio, Sidoro sintió palpitar de alegría su corazoncito de seis años, encogido por la constante aspereza del trato feroz que le daba su madrastra... o lo que fuese: la Manuela, mujerona con que ahora vivía Lucas. En la infancia, decir novedad y cambio es decir esperanza ilimitada y hermosa. ¡Bajar al Santo! ¿Quién sabe lo que el Santo guardaba en sus manos benditas para los niños sin madre, para los niños apaleados y hambrientos?

Loco de contento se incorporó Sidoro al grupo, si bien le agrió ya el primer gozo tener que cargar con un cestillo atestado de provisiones. Pesaba mucho, y Sidoro hubiese implorado que le aliviasen la carga, a no temer uno de los pellizcos de bruja, retorcidos y rabiosos, con que la Manuela le señalaba cardenal para medio mes. Suspirando, alzó el cestillo como pudo, y salieron calle de Toledo abajo, por entre olas de gentes, con un sol capaz de freír magras, un sol más canicular que primaveral.

Tragando el polvo que soliviantaban ómnibus, carricoches y simones, pasaron el puente de Toledo y llegaron al cerro, donde hervía más compacta la alegre multitud. Lucas habló de entrar a rezarle al Santo; pero la Manuela, levantando de un puntillón a Sidoro, que había caído empujado por el remolino y agobiado por el peso, renegó de la idea y prefirió comprar torrados, avellanas y rosquillas, y buscar donde merendar. La sed les resecaba el gaznate, y Lucas, portador de la colmada bota, notando su grata turgencia entre el brazo y las costillas, aprobó la determinación.

No fue fácil encontrar sitio conveniente a la sombra y cerca del río. Los rincones agradables andaban muy solicitados. Por fin, bastante tarde, descubrieron un ruin arbolillo, y se acomodaron al pie, forjándose la ilusión de que las ramas les abrigaban la cabeza. Sidoro, derrengado, soltó la cesta; Manuela fue sacando vituallas, y allí empezó el embaular y los besos a la del tinto. Lucas se acordó de echarle a su hijo un pedazo de tortilla y una hogaza, como quien echa un hueso a un cachorro; después... no pensaron más en la criatura; y como el vinazo y el hartazgo quitan la vergüenza, Lucas le tomó la cara a Manuela, allí mismo, sin pizca de reparo. Con torpes pies, por llevar tan calientes los cascos, la pareja rompió a andar hacia el cerro, donde era mayor el bullicio, y donde los tiovivos y los merenderos y barracones convidaban al jolgorio; el niño, al tratar de seguirlos, se halló detenido por un corro formado alrededor de un ciego coplero y guitarrista; y cuando quiso reunirse con su gente, incorporarse, encontróse solo entre la multitud, portador del cesto ya vacío y la bota floja y huera...

Se echó a llorar. Duros y malos como eran, aquel hombre y aquella mujer le amparaban. Se sintió abandonado, náufrago en un mar muy crespo, muy profundo y tormentoso. El gentío pasaba sin hacer caso del chiquillo: éste le empujaba, el otro le desviaba con lástima, y una mano pronta y desconocida le arrebató la boina de la cabeza... Nadie le preguntaba la causa de su llanto; ¡para eso estaban! Entre el infernal bureo de la romería, cualquiera atiende al llanto de un rapaz. El tecleo de los pianos mecánicos, el rasguear de los guitarros, los cantares de los beodos, los pregones de las rosquilleras, los mil ruidos que exhalan una muchedumbre apiñada, harta, jaranera, procaz, en plena juerga al aire libre, exasperada por el olor a aceite rancio de las buñolerías y el vaho tabernario de las barracas-bodegones, ahogaban los sollozos del niño, como la viviente oleada de la multitud envolvía y absorbía y arrastraba mecánicamente su cuerpo...

Por instinto, Sidoro se dejó llevar. Andando, andando, podría encontrar tal vez a la pareja, o ¿quién sabe?, al Santo en persona. Pues si en la romería no se encontraba al Santo, ¿a qué venía toda aquella gente? Y el Santo sería muy bueno, que para eso era Santo, y por eso le rezaban y le retrataban en figuritas de barro, y por eso los ángeles le ayudaban a arar. ¿Dónde estaba el Santo? Sidoro recordaba que Lucas, antes de buscar sitio para la merienda, había hablado de ir a la ermita. ¿Qué sería la ermita? De seguro, un sitio en que recogen y consuelan a los niños abandonados...

Mientras buscaba al glorioso labrador, Sidoro, a pesar suyo, miraba los puestos, los centenares de tinglados donde se exhiben y despachan los maravillosos pitos, que adornan rosetones de plata y florones de papel rojo, las efigies pintorreadas de esmeralda, cobalto y bermellón, las medallas y escapularios, la grosera loza, las figuritas de toreros y picadores, los monigotes con cabeza de ministros, los grupos de ratas, las caricaturas escatológicas, los jarros atestados de claveles de violento aroma, las hiladas de botijos bermejos y blancos, las apetitosas rosquillas, los puestos de avellaneros, con sus balanzas relucientes y sus sacos entreabiertos, rebosando, tentando a la mano del niño... Y aquella orgía de colorines fuertes y chillones, aquel vaivén incesante de la muchedumbre, aquellos sonidos discordantes, el sentirse impulsado, zarandeado, arrebatado como una paja por el torrente humano; la asfixiante atmósfera que respiraba, la desolación de su abandono, en vez de arrancar lágrimas a la criatura, secaron las que corrían de sus ojos y le produjeron una especie de embriaguez febril. Sin cuidarse de responsabilidades, abandonó la bota y el cestillo, y se dejó caer en tierra, a la puerta de un merendero donde bebían y cantaban canciones picantes, ininteligibles para Sidoro. Una moza, sofocada, sentada en el suelo, daba la teta a una criatura. Sidoro vio esta escena, el grupo siempre conmovedor y sagrado, y confusas reminiscencias, no de la memoria, sino de los sentidos y la sensibilidad, más concreta en la niñez, le recordaron que también a él le habían arrullado con palabras de azúcar y de delirio, las palabras inefables de la maternidad, y un rostro amado, un rostro que no podía olvidarse, surgió de entre la niebla del pasado... ¡pasado tan corto y tan reciente! Y entonces, una de esas penas sin límites que sufren los niños, cayó sobre el alma del huérfano.

En un instante, con el recuerdo del cariño y la ternura de su madre, a quien no había vuelto a ver nunca, Sidoro evocó las crueldades y desamor de la Manuela, y toda su carne tembló, pues no había en ella lugar donde las despiadadas uñas de la mujerona no hubiesen dejado rastro de tortura... Y la criatura, en su desconsuelo infinito, mientras la tarde caía y las luces de los puestos comenzaban a abrir su pupila de llama, se revolcó sobre el árido suelo, con muchas ganas de dormirse en un sueño largo, largo, largo, y despertarse al lado de su madre, o de San Isidro, o de alguien que tuviese entrañas para los pequeños y los débiles. A fuerza de aturdimiento, de cansancio, de calor, de susto, de tristeza, se quedó, efectivamente, dormido... Despertó porque le aporreaban y le tiraban del pelo a puñados. Era la Manuela, gritando enronquecida y furiosa.

-A este maldito sí le encontramos...; pero ¿y la bota nueva, y mi cestillo, y la servilleta, y el vaso que venían en él? ¡Condenao, verás en cuanto lleguemos a casa!

Hacía tiempo -muchos meses- que no le veía yo por ninguna parte: ni en la calle, ni en el Casino de la Amistad, ni en la Pecera, ni siquiera en la barriada nueva que se está construyendo. Porque Santos Bueno es de los que tienen afición a ver edificar y gustan de plantarse delante de los andamios con las manos a la espalda, diciendo sentenciosamente: "Estas sí que son vigas de recibo; no pandarán".

Extrañando tan largo eclipse, temiendo que Santos Bueno estuviese enfermo de cuidado, resolví buscarle en su casa, donde le encontré entregado a sus habituales tareas, apacible y afable como de costumbre.

-¿Qué es esto? ¿Se ha metido usted cartujo? ¿Es voto de clausura?

-No, señor...; ¡no, señor! -respondió sonriendo Santos-. Si yo salgo y me paseo. No parece sino que vivo encerrado.

-¿Que sale usted? Pues no le veo nunca.

-Porque salgo un poco tarde..., a las horas en que no hay gente.

-Esconderse se llama esa figura.

Volvió Santos a sonreír con aquella su indescriptible expresión enigmática, y dijo tranquilamente:

-Pues ha acertado usted. Hay ocasiones en que... se encuentra uno muy a gusto escondido.

Adiviné que bajo la teoría de las ventajas del escondite se ocultaba alguna crisis dolorosa de la vida de Santos Bueno.

Yo creía conocerle, y además sabía su historia y sus aspiraciones, como se saben en un pueblo pequeño las de cada hijo de vecino. Santos Bueno era un burgués modesto, sin grandes aspiraciones; ni pobre ni rico, poseía un capitalito, producto de la afortunada venta de unos bienes patrimoniales, lindantes con el prado de un indianete, que por tal circunstancia los había pagado a peso de oro.

Con estos caudales, Santos proyectaba realizar un sueño ya muy antiguo: construirse en las afueras de la ciudad una casita que tuviese jardín y vivir en ella sin emociones, pero sin desazones, cultivando legumbres y rosas. Es de advertir que la casita con jardín es la bella ilusión de los marinedinos.

No sé por qué se me vino a la imaginación que con aquellos dineros podrían relacionarse la actitud y el retraimiento de Santos, y movido de una curiosidad compasiva, le interrogué:

-¿Y esa casita, ese chalet, cuándo lo empezamos? ¿Me convida usted a café en el jardín para el día de su santo del año que viene?

Demudóse el rostro de Santos, y hasta se me figuró que en sus ojos temblaba el reflejo cristalino que indica que se humedecen...

-Ya no hago la casita -murmuró con abatimiento.

-¿Qué no la hace usted? ¿Cómo es eso? ¿Se ha jugado usted los capitales?

-Bien sabe usted que no me da por ahí...

-¿Pues qué ocurre? ¿Ha pensado usted en otra inversión? ¿Ha emprendido algún negocio?

-Si usted me promete no decir nada a nadie...

-Pierda usted cuidado, don Santos. La tumba es una cotorra comparada conmigo.

-Pues es el caso que..., que he... prestado... esa suma.

-¿Prestado? ¿Al cien por cien mensual? ¿Con garantía? ¡Ah usurero!

-Déjese de bromas, Garantía... Tengo la de la honradez de mi deudor.

-¡Ay pobre don Santos! ¿Quién me lo ha engañado?

-No, le advierto a usted que es persona que goza de excelente fama... Para ser franco: mi ánimo no era prestar, ni a ese ni a nadie. Me cogió desprevenido: no pude negarme; a él le constaba que tenía yo fondos. Vi un padre de familia en aprieto, en compromiso, en vergüenza..., me prometió amortizar cada mes... ¡En fin, que no tengo el corazón de bronce!

-¿Conque prestamitos a padres de familia pobres, pero bribones? ¿Y qué tal? ¿Amortiza? ¿Amortiza?

-Por ahora..., no.

-¿Cuántos meses han pasado?

-Seis..., es decir, hoy se cumplen siete...

-Y usted, después de haber hecho esa obra benéfica y desinteresada, ¿por que se esconde? Eso si que quisiera saberlo.

-Le diré... Son tonterías de mi carácter... ¡Rarezas...! Es que, hace algún tiempo, me encontré en la calle a mi deudor y le pedí..., vamos, con muy buenos modos..., que empezase a amortizar... lo que pudiese..., nada más que lo que pudiese... Y me contestó de una manera...; en fin, que me negó lo prometido, y casi, casi, me negó la deuda misma... Y desde entonces no salgo a la calle..., porque si me lo encuentro, me dará vergüenza y tendré que hacer como si no le viese. Sí, vergüenza... Porque es fea su acción, ¿verdad?

No hay nadie que no se haya visto en el caso de tener que dar, con suma precaución y en la forma que menos duela, una mala noticia. A mí me encomendaron por primera vez esta desagradable tarea cuando falleció repentinamente la viuda de Lasmarcas, única hermana de don Ambrosio Corchado.

Yo no conocía a don Ambrosio; en cambio, era uno de los tres o cuatro amigos fieles del difunto Lasmarcas, y que visitaban con asiduidad a su viuda, recibiendo siempre acogida franca y cariñosa. Las noches de invierno nos servía de asilo la salita de la señora, donde ardía un brasero bien pasado, y las dobles cortinas y las recias maderas no dejaban penetrar ni corrientes de aire ni el ruido de la lluvia. Instalado cada cual en el asiento y en el rincón que prefería, charlábamos animadamente hasta la hora de un té modesto y fino, con galletas y bollos hechos en casa, tal vez por razones de economía.

Nos sabía a gloria el té casero, y concluíamos la velada satisfechos y en paz, porque la viuda de Lasmarcas era una mujer de excelente trato, ni encogida, ni entremetida, ni maliciosa en extremo, ni neciamente cándida, y en cuanto amiga, segura y leal como, ¡ojalá!, fuesen todos los hombres. Al saber que había aparecido muerta en su cama, fulminada por un derrame seroso, sentimos el frío penetrante del "más allá", el estremecimiento que causa una ráfaga de aire glacial que nos azota el rostro al entrar en un panteón. ¡Así nos vamos, así se desvanece en un soplo nuestra vida, al parecer tan activa y tan llena de planes, de esperanzas y de tenaces intereses! Precisamente la noche anterior habíamos ido de tertulia a casa de la señora de Lasmarcas; aún nos parecía verla ofreciéndonos un trozo de bizcochada, que alababa asegurando ser receta dada por las monjas de la Anunciación...

Advertidos de la desgracia los amigos íntimos, se decidió que yo me encargaría de avisar al hermano de la difunta. Don Ambrosio Corchado no vivía en la misma ciudad que su hermana, sino a dos leguas, en una posesión de donde no salía jamás, y donde la viuda residía en la temporada de verano. Rico y poco sociable, don Ambrosio realizaba el tipo de solterón: no quería molestar al mundo, y menos toleraba que el mundo le molestase a él. A su manera, lo pasaba perfectamente, introduciendo mejoras en su finca, dirigiendo la labranza y cebando gallinas y cerdos. Es cuanto sabíamos de don Ambrosio. Para cumplir sin tardanza mi cometido, encargué un coche, y a los tres cuartos de hora lo tenía ante la puerta, con repique de cascabeles y traqueteo de ruedas chirriantes.

Entré en el desvencijado vehículo y tomamos la dirección de la finca. Era preciosa la mañana, vibrante, alegre, llena de sol y luz, preludiando la primavera, que se acercaba ya. Reclinado en el fondo del birlocho, viendo desaparecer por la ventanilla el pintoresco paisaje, me entró, a pesar del buen tiempo y del aire puro y vivo, una dolorosa melancolía, una especie de aprensión y de timidez violenta.

El corazón se me encogió, pensando en lo que debía participar a don Ambrosio, y en cómo empezaría a hacerle paladear el trago para que sintiese menos su amargor. Me representaba con eficacia lo dramático del momento. Don Ambrosio no tenía otra hermana, ni más familia en el mundo. La señora de Lasmarcas no dejaba hijos que pudiese recoger su hermano y que alegrasen su solitaria vejez. ¡Una hermana! El ser a quien acompañamos desde la cuna; con quien hemos jugado de niños; ser que lleva nuestra sangre; que ha compartido nuestros primeros inocentes goces, nuestros primeros berrinches; que ha sido nuestro confidente, nuestro encubridor, que vio nuestras travesuras y se emocionó con nuestros amoríos infantiles; la mamá pequeña, la amiga natural, la cómplice desinteresada, la defensora. El que no conoce otro afecto; el que de todos los suyos conserva una hermana, ¡qué sentirá al saber que la ha perdido! Sin duda alguna, lo que el árbol cuando le hincan el hacha en mitad del tronco, cuando lo hienden y parten. Además, ¡era tan súbita la muerte! Tal vez don Ambrosio se había forjado mil veces la ilusión de que su hermana, más joven que él, le cerraría los ojos.

Estos pensamientos exaltaron mi imaginación, me causaron tan indefinible angustia, que al pararse el coche ante el portón de la finca llevaba yo los ojos humedecidos de lágrimas. Dominé mi debilidad, salté a tierra, y al preguntar por don Ambrosio a un hombre que igualaba la arena del patio, soltó él de muy buena gana el escardillo y me guió, pasando por hermosos jardines adornados con fuentes y por un huerto de frutales, a una pradería, donde varios gañanes trabajaban en segar hierba y amontonarla en carros, bajo la inspección de un vejete de antiparras azules y sombrero de paja. Era don Ambrosio en persona.

Me saludó con sorpresa, y al decirle que venía por un asunto de cierta importancia, mostró bastante amabilidad. Explicóme que el pradito aquel rendía todos los años más de treinta carros de hierba seca, que se vendía como pan bendito; y cediendo a la propensión de hablar sólo de lo que se roza con preocupaciones del orden práctico, añadió que temía que viniese a llover, y activaba la faena a fin de recoger la hierba en buenas condiciones. Después me señaló a una esquina del prado, que cruzaba un limpio riachuelo, y me preguntó si creía la fuerza del agua suficiente para hacer mover un molino harinero que pensaba instalar allí. Su cara arrugadilla y su cascada voz adquirían gravedad al enunciar estos propósitos. Yo, entre tanto buscaba sitio por donde herirle; pero dos o tres insinuaciones acerca de la mala salud de la viuda no arrancaron más que un distraído "vaya, vaya". Entonces resolví apretar y entré en materia: venía precisamente porque la señora, algo enferma desde ayer...

-Sí, molestias del invierno, catarrillos -respondió maquinalmente.

Me sublevó la salida, y solté las dos palabras "enfermedad grave"... Al través de los azules vidrios noté que parpadeaba el viejo.

-¿Grave? Y el médico ¿qué dice?

-No hubo tiempo de consultarle... -exclamé-. Ya ve usted, las cosas repentinas...

-Pues que se consulte, que se consulte -repitió volviéndose para ver pasar un carro cargado a colmo-. ¡Eh -gritó dirigiéndose a los gañanes-, brutos, que se os cae la mitad de la hierba! ¡Sujetad bien la carga, por Cristo!

-¿No le digo a usted -interrumpí alzando también la voz- que no dio lugar a consultar nada? Fue de pronto..., la...

Se me atragantaba la palabra terrible; pero al fin la solté:

-¡La... la muerte!

Don Ambrosio hizo un movimiento hacia atrás. Sus vidrios azules centellearon al sol, Titubeando murmuró:

-De manera... que... que...

-Que ha fallecido su hermana de usted, sí, señor; esta mañana se la encontraron cadáver... en la cama... Un derrame seroso.

El viejo guardó silencio, columpiando la cabeza. Después de una pausa, tosiqueó y dijo tranquilamente:

-¡Válgate Dios! Le llegó su hora a la pobre... Bueno; si hay cualquier dificultad para el entierro, que... que cuenten conmigo... Por poco más... ¿sabe usted?, que se haga todo con decencia... En cien duros arriba o abajo no deben ustedes reparar.

-¿No vendrá usted al funeral? -pregunté devorando al viejo con los ojos.

-Verá usted... Con el prado a medio segar y este tiempo tan a propósito..., imposible. ¡Bueno andaría esto si faltase yo! Mañana justamente viene el maestro de obras para tratar lo del molino... Hay que rumiar el contrato, porque si no esas gentes le pelan a uno. ¿Y usted qué opina? ¿Tendrá fuerza el agua? Ahora en primavera no hay cuidado; pero ¿en otoño?

Salí de allí en tal estado de exasperación, que batí la portezuela del coche al cerrarla, contribuyendo a desbaratar el fementido birlocho. Otra vez me dominaba una tristeza invencible; me sentía ridículo, y la miseria de nuestra condición me abrumaba al pensar en aquel vejete insensible como una roca, que sólo se ocupaba en el prado y el molino y se olvidaba de la proximidad de la muerte. ¡Valiente necedad mis precauciones y mis recelos para darle la noticia! De pronto se me ocurrió una idea singular. Mi acceso de sensibilidad compensaba la indiferencia de don Ambrosio. El verdadero "hermano" de la pobre muerta era yo, yo que había sentido el dolor fraternal, yo que me había sustituido, con la voluntad y el sentido, al hermano según la carne. En el mundo moral como en el físico nada se pierde, y todos los que tienen derecho a una suma de cariño, la cobran, si no del que se la debe, de otro generoso pagador. Consolado al discurrir así, saqué la cabeza por la ventana y dije

al cochero (de veras que se lo dije):

-Más aprisa, que necesito disponer el funeral de mi hermana.

Invierno. Después de un día corto, lluvioso y triste, la noche es clara, de luna; la helada prende en sus cristales, resbaladizos y brillantes como espejos, el agua de la charcas y ciénagas, y en la ladera más abrupta de la montaña se oye el oubear del lobo hambriento. Dentro de la casucha del rueiro humilde, la llama de la ramalla de pino derrama la dulce tibieza de sus efluvios resinosos, y el gluglu del pote conforta el estómago engañando la necesidad, pues el pobre caldo de berzas sólo mantiene porque abriga.

Desviada de la aldea por el soto de altos castaños, próxima a la iglesia y al cementerio, la ruin casuca de la vieja señora Claudia -alias Cometerra, porque en sus juventudes mascaba a puñados la arcilla del monte Couto-también siente el bienestar del cariñoso fuego. Todo el día, calándose hasta las médulas, ha trabajado su nieto Caridad, y el brazado de ramalla y la leña todavía húmeda y la hierba que rumia la becerrita roja él se las ha agenciado... No preguntéis dónde. Quien no tiene bosque ni pradería suya, ha de merodear por tierras de otro. ¿Qué señor le arrienda un lugar a un mocoso de quince años, hijo de un presidiario muerto en Ceuta? El colono ha de ser libre de quintas, casado y de buena casta. ¡Valiente adquisición la de aquella bruja que pedía por las puertas una espiga de maíz o una corteza mohosa, y la de aquel galopín, que no dejaba en los términos de la parroquia cosa a vida! También hay clases en la aldea... Y los hijos de dos o tres labradores de los más acomodados, de pan y puerco, se la tenían jurada a Caridad. Porque puede pasar el esquilmo de la rama y del tojo, y hasta el apañar hierba en linderos que no tienen dueño; pero arrancar la patata ya en sazón o desvalijar un panel del hórreo... eso son palabras mayores, y como le pillasen..., ¡guarda el escarmiento!

Caridad, entre tanto, traía a casa bien repleto su "paje" de mimbres. Aquel día formaban el botín golpe de castañas maduras, bellotas y, ¡presa extraordinaria!, tres o cuatro hermosos huevos frescales... Cuando tenía suerte en su caza de víveres, ¡la abuela le pagaba tan bien! Inagotable repertorio de consejas, tradiciones y patrañas, Cometerra, acurrucada en el rincón del lar, mientras con mano temblona pelaba las patatas o desgranaba las espigas, rubias, hablaba, narraba, ensartaba sus cuentos de mil mentiras... Y Caridad no conocía otro goce. Las historias de la abuela eran a la vez su única escuela y su único teatro, el pasto de su imaginación virgen, fresca, insaciable, de chiquillo que no sabe leer, y que presiente la novela y la poesía, identificándolas, en su ignorancia, con la vida y la realidad.

Tal vez en aquel precoz enfermizo desarrollo de la fantasía influyese el mismo aislamiento a que le condenaban sus menudos latrocinios y la azarosa suerte y las fechorías de su padre. Es lo cierto que Caridad creía a puño cerrado..., ¿qué es creer?, "veía". El mundo triste y agorero de la vieja mitología galaica le rodeaba a todas horas. El miedo a lo desconocido encogía su alma y derramaba hielo de mortal pavor en sus venas, atrayéndole, sin embargo, con misterioso atractivo, llamándole. Temía y deseaba la aparición sobrenatural, y mientras sus manos, mecánicamente, cogían lo ajeno, su espíritu inculto sentía el escalofrío del mundo invisible que nos rodea, y cuyo hálito quejoso se percibe en los murmullos del bosque y en el fluyente llanto de agua...

Esta noche de invierno, cercana ya la vigilia de los difuntos, Cometerra explica a su nieto lo que es la "Compaña" o "Hueste". Es una legión de muertos que, dejando sus sepulturas, llevando cada cual en la descarnada mano un cirio, cruzan la montaña, allá a lo lejos, visibles sólo por la vaga blancura de los sudarios y por el pálido reflejo del cirio desfalleciente. ¡Ay del que ve la "Compaña"! ¡Ay del que pisa la tierra en que se proyecta su sombra! Si no se muere en el acto la vida se le secará para siempre a modo de hierba que cortó la fouce. Quebrantando, sin fuerzas, tocado de extraño, mal contra el cual no existen remedios, irá encaminándose poco a poco a la cueva, porque la "Hueste" recluta así a los que encuentra en el camino, los alista en sus filas, refuerza su ejército de espectros... ¡Infeliz del que ve la "Compaña"!...

En su pobre y frío lecho de hojas de maíz, Caridad se revuelve pensando en la fúnebre procesión. El fuego del lar se ha extinguido; la abuela ronca acurrucada a pocos pasos; se escucha fuera el gañir del lobo y la queja casi humana del mochuelo... La tentación es demasiado fuerte. De seguro que a estas horas desfila por el monte, en doble hilera de luces, la gente del otro mundo. ¡Verla! Caridad no se acuerda que verla es morir. Quizá no le importa. El apego a la vida no nace temprano; el arbolillo sin raíces no se agarra a la corteza terrestre. El miedo, en Caridad, es como un espasmo: su alma estremecida teme y desea a la vez. Y deslizándose de la dura cama, a tientas va hacia la puerta, abre el cancel, se asoma y mira.

Velada la luna, antes esplendente, por nubarrones de trágica forma, negrísimos, los objetos aparecen confusos, las manchas de la arboleda se pierden entre la turbieza gris de la lejanía. Caridad, tiritando, echa a andar en dirección a la iglesia. Sin darse cuenta del porqué, supone que la "Hueste" ronda las tapias del cementerio. Lo singular es que, al ir en busca de la procesión de las almas, el chiquillo tiembla, sus dientes castañean, sus pupilas se dilatan, su sangre se cuaja, su corazón por momentos cesa de latir. Y, sin embargo, anda, anda, fascinado; ansioso, pisando la escarcha con descalzos pies, amoratados y rígidos. Allá donde se alza el muro del camposanto, una claridad difusa, unos campos de luz verdosa le llaman con palpitaciones de mortaja flotante y, con humaradas de cirio que se extingue. Allí está de seguro la "Hueste"... Ya cree verla, verla distintamente, y hasta escucha reprimidos sollozos, ahogados gritos que pueden confundirse con la ironía de la carcajada brutal... Sin transición, sin espacio a decir Jesús, a llamar a su madre como la llaman los heridos de muerte. Caridad se desploma. A un mismo tiempo le ha partido la cabeza un garrotazo y le ha abierto la garganta el corvo filo de una céltica bisarma, que a la vez que desagüella sujeta a la víctima. La sangre, caliente, se coagula sobre la helada superficie del terruño. Los mozos se retiran, dejando tieso allí al ladronzuelo, y murmurando, serios ya, porque no habían pensado ir tan lejos, ni hubiesen ido a no mediar el mosto nuevo y la vieja "caña":

-Quedas escarmentado.

Al recibir la cartita, Águeda pensó desmayarse. Enfriáronse sus manos, sus oídos zumbaron levemente, sus arterias latieron y veló sus ojos una nube. ¡Había deseado tanto, soñado tanto con aquella declaración!

Enamorada en secreto de Fausto Arrayán, el apuesto mozo y brillantísimo estudiante, probablemente no supo ocultarlo; la delató su turbación cuando él entraba en la tertulia, su encendido rubor cuando él la miraba, su silencio preñado de pensamientos cuando le oía nombrar; y Fausto, que estaba en la edad glotona, la edad en que se devora amor sin miedo a indigestarse, quiso recoger aquella florecilla semicampestre, la más perfumada del vergel femenino: un corazón de veinte años, nutrido de ilusiones en un pueblo de provincia, medio ambiente excitante, si los hay, para la imaginación y las pasiones.

Los amoríos entre Fausto y Águeda, al principio, fueron un dúo en que ella cantaba con toda su voz y su entusiasmo, y él, "reservándose" como los grandes tenores, en momentos dados emitía una nota que arrebataba. Águeda se sentía vivir y morir. Su alma, palacio mágico siempre iluminado para solemne fiesta nupcial, resplandecía y se abrasaba, y una plenitud inmensa de sentimiento le hacía olvidarse de las realidades y de cuanto no fuese su dicha, sus pláticas inocentes con Fausto, su carteo, su ventaneo, su idilio, en fin. Sin embargo, las personas delicadas, y Águeda lo era mucho, no pueden absorberse por completo en el egoísmo; no saben ser felices sin pagar generosamente la felicidad. Águeda adivinaba en Fausto la oculta indiferencia; conocía por momentos cierta sequedad de mal agüero; no ignoraba que a las primeras brisas otoñales el predilecto emigraría a Madrid, donde sus aptitudes artísticas le prometían fama y triunfos; y en medio de la mayor exaltación advertía en sí misma repentino decaimiento, la convicción de lo efímero de su ventura.

Un día estrechó a Fausto con preguntas apremiantes:

-¿Me quieres de veras, de veras? ¿Te gusto? ¿Soy yo la mujer que más te gusta? Háblame claro, francamente... Prometo no enfadarme ni afligirme.

Fausto, sonriente, halagador, galante al pronto, acabó por soltar parte de la verdad en una aseveración exactísima:

-Guedita: eres muy mona..., muy guapa, sin adulación... Tienes una tez de leche y rosas, unas facciones torneadas, unos ojos de terciopelo negro, un talle que se puede abarcar con un brazalete... Lo único que te desmerece..., así..., un poquito..., es la pícara dentadura. Es que a no ser por la dentadura..., chica, un cuadro de Murillo.

Calló Águeda, contrita y avergonzada; pero apenas se hubo despedido Fausto, corrió al espejo. ¡Exactísimo! los dientes de Águeda, aunque sanos y blancos, eran salientes, anchos a guisa de paletas, y su defectuosa colocación imponía a la boca un gesto empalagoso y bobín. ¿Cómo no había advertido Águeda tan notable falta? Creía ver ahora por primera vez la fea caja de su dentadura, y un pesar intenso, cruel la abrumaba... Lágrimas ardientes fluyeron por sus mejillas, y aquella noche no pegó ojo dando vueltas, entre el ardor de la fiebre a la triste idea... "Fausto ni me quiere ni puede quererme. ¡Con unos dientes así!"

Desde el instante en que Águeda se dio cuenta de que en realidad tenía una dentadura mal encajada y deforme, acabóse su alegría y vinieron a tierra los castillos de naipes de sus ensueños.

Rota la gasa dorada del amor, veía confirmados sus temores relativos a la frialdad de Fausto; mas como el espíritu no quiere abandonar sus quimeras, y un corazón enamorado y noble no se aviene a creer que su mismo exceso de ternura puede engendrar indiferencia, dio en achacar su desgracia a los dientes malditos. "Con otros dientes, Fausto sería mío quizá". Y germinó en su mente un extraño y atrevido propósito.

Sólo el que conozca la vida estrecha y rutinaria de los pueblos pequeños, la alarma que produce en los hogares modestos la perspectiva de cualquier gasto que no sea de estricta utilidad, la costumbre de que las muchachas nada resuelvan ni emprendan, dejándolo todo a la iniciativa de los mayores, comprenderá lo que empleó Águeda de voluntad, maña y firmeza, hasta conseguir dinero y licencia para realizar sus planes... Fausto había volado ya a Madrid; el pueblo dormitaba en su modorra invernal, y Águeda, levantándose cada día con la misma idea fija, suplicaba, rogaba, imploraba a su madre, a su padrino, a sus hermanas, sacando a aquélla una pequeña cantidad, a aquél un lucido pico, a éstas de la alcancía los ahorros..., hasta juntar una suma, con la cual, llegada la primavera, tomó el camino de la capital de la provincia... Iba resuelta a arrancarse todos los dientes y ponerse una dentadura ideal, perfecta.

Águeda era muy mujer, tímida y medrosa. No se preciaba de heroína y la espantaba el sufrimiento. Un escalofrío recorrió sus venas, cuando, discutido y convenido con el dentista el precio de la cruenta operación, se instaló en la silla de resortes, y encomendándose a Dios, echó la cabeza atrás...

No se conocían por entonces en España los anestésicos que hoy suelen emplearse para extracciones dolorosas, y aunque se tuviese noticia de ellos, nadie se atrevía a usarlos, arrostrando el peligro y el descrédito que originaría el menor desliz en tal delicada materia. Tenía, pues, Águeda que afrontar el dolor con los ojos abiertos y el espíritu vigilante, y dominar sus nervios de niña para que no se sublevasen ante el atroz martirio.

Desviados, salientes y grandes eran sus dientes todos. Había que desarraigarlos uno por uno. Águeda, cerrando los ojos, fijó el pensamiento en Fausto. Temblorosa, yerta de pavor, abrió la boca y sufrió la primera tortura, la segunda, la tercera... A la cuarta, como se viese cubierta de sangre, cayó con un síncope mortal.

-Descanse usted en su casa -opinó el dentista.

Volvió, sin embargo, a la faena al día siguiente, porque los fondos de que disponía estaban contados y le urgía regresar al pueblo... No resistió más que dos extracciones; pero al otro día, deseosa de acabar cuanto antes soportó hasta cuatro, bien que padeciendo una congoja al fin. Pero según disminuían sus fuerzas se exaltaba su espíritu, y en tres sesiones más quedó su boca limpia como la de un recién nacido, rasa, sanguinolenta... Apenas cicatrizadas las encías, ajustáronle la dentadura nueva, menuda, fina, igual, divinamente colocada: dos hileritas de perlas. Se miró al espejo de la fonda; se sonrió; estaba realmente transformada con aquellos dientes, sus labios ahora tenían expresión, dulzura, morbidez, una voluptuosa turgencia y gracias que se comunicaba a toda la fisonomía... Águeda, en medio de su regocijo, sentía mortal cansancio; apresuróse a volver a su pueblo, y a los dos días de llegar, violenta fiebre nerviosa ponía en riesgo su vida.

Salió del trance; convaleció, y su belleza, refloreciendo con la salud, sorprendió a los vecinos. Un acaudalado cosechero, que la vio en la feria, la pidió en matrimonio; pero Águeda ni aún quiso oír hablar de tal proposición, que apoyaban con ahínco sus padres. Lozana y adornada esperó la vuelta de Fausto Arrayán, que se apareció muy entrado el verano, lleno de cortesanas esperanzas y vivos recuerdos de recientes aventuras. No obstante, la hermosura de Águeda despertó en él memorias frescas aún, y se renovaron con mayor animación por parte del galán los diálogos y los ventaneos y los paseos y las ternezas. Águeda le parecía doblemente linda y atractiva que antes, y un fueguecillo impetuoso empezaba a comunicarse a sus sentidos. Cierto día que, hablando con uno de sus amigos de la niñez, manifestó la impresión que le causaba la belleza de Águeda, el amigo respondió:

-¡Ya lo creo! Ha ganado un cien por cien desde que se puso dientes nuevos.

Atónito, quedó Fausto. ¿Cómo? ¿Los dientes? ¿Todos, sin faltar uno? ¡Cuánto trastorna la vanidad femenil! Y soltó una carcajada de humorístico desengaño...

Cuando, años después, le preguntó alguien por qué había roto tan completamente con aquella Águeda, que aún permanecía soltera y llevaba trazas de seguir así toda la vida, Fausto Arrayán, ya célebre, glorioso, dueño del presente y del porvenir, respondió, después de hacer memoria un instante:

-¿Águeda...? ¡Ah, sí! Ahora recuerdo... ¡Porque no es posible que entusiasme una muchacha sabiendo que lleva todos los dientes postizos!...

El taller a aquella hora, las once de la mañana, tenía aspecto alegre y hasta cierta paz doméstica: limpio aún, barrido, no manchado por las colillas y los fósforos, los fragmentos de lápiz de color y el barro de las botas, con la alegre luz solar que entraba por el gran medio punto, acariciaba los muebles y arrancaba reflejos a los herrajes del bargueño, a los clavos de asterisco de los fraileros, y a los estofados del manto de la gótica Nuestra Señora. La horrible careta nipona reía de oreja a oreja, benévolamente, y Kruger, el enorme y lustroso dogo de Ulm, echado sobre un rebujo de telas de casulla, deliciosas por sus tonos nacarados que suavizaba el tiempo, dormitaba tranquilo, reservando sus arrebatos de cariño, expresados con dentelladas y rabotadas, para la tarde.

Luchaba, desesperadamente Aurelio Rogel instalado ante el caballete y el lienzo limpio, con una de esas crisis de desaliento que asaltan al artista en nuestra época sobresaturada de crítica y recargada con el peso de tantos ideales y tantas teorías y tantas exigencias de los sentidos gastados y del cerebro antojadizo. ¿Qué pondría en aquella tela rasa y agranitada? ¿A qué expresión responderían las manchas de los colores que aguardaban en fila, al margen de la bruñida paleta, como soldados dispuestos a entrar en combate? Sentíase cansado Aurelio de "academias y estudios"; del eterno dibujar por dibujar, persiguiendo de cerca a la línea y al contorno, sin saber para qué, con la falta de finalidad del avaro que atesora, pero que no hace circular la riqueza. Aquella ciencia del dibujo, en que Aurelio se preciaba de haber vencido y superado a todos sus compatriotas, tildados de malos dibujantes; aquel dominio de la forma, en tal momento, le parecería estéril, vano, si no podía servirle para encarnar una idea. Y la idea la veía surgir como vapor luminoso, flotando ante sus ojos soñadores, sin lograr que se concretase y definiese; así es que, descorazonado, no se resolvía a coger el lápiz.

¿Qué iba a haber? Dentro de un cuarto de hora aparecería el modelo, el eterno modelo; uno de los eternos modelos, mejor dicho. O el tagarote aguardentoso, velludo y bestial; o la moza flamenca y zafia, que dejaba en el taller olor a bravía y a jabón barato; o el mozalbete achulado, afeminado, el pâle voyou; serie de cuerpos plebeyos y viciosos, cuya vista había llegado a irritar los nervios de Aurelio hasta el punto de enfurecerle. ¿Dónde estaba la Belleza?

"La crearé sin modelo alguno -pensaba-; la sacaré de mi mente, de mis aspiraciones, de mi corazón, de mi sensibilidad artística... "

Pero a la vez que afirmaba este programa, se daba cuenta, de que no podía realizarlo; que le sujetaban lazos técnicos, la costumbre idiota de mirar hacia un objeto, la fidelidad escrupulosa, la impotencia para trasladar al lienzo lo que los ojos no hubiesen visto y estudiado en realidad.

Así es que, cuando sonó la campanilla anunciando la llegada del modelo -segura a tales horas- el pintor sintió un estremecimiento de repugnancia invencible.

"Hoy le despido", resolvió. Y, de mal talante, salió a abrir.

Hizo un movimiento de sorpresa. La persona que llamaba era desconocida, una joven, casi una niña, representaba quince años a lo sumo. A la interrogación de Aurelio, respondió la muchacha dando señales de temor y cortedad:

-Vengo... porque me ha dicho tío Onofre, el Curda..., ¿no sabe usté?, pues que como está muy malísimo..., y dijo que usté le aguardaba pa retratarle..., le traigo el recao que no vendrá.

-Bien, hija -contestó Aurelio satisfecho y como libre de una carga-. ¿Y qué tiene tío Onofre?

-Eso del trancazo -declaró la muchacha. En la cama está hace tres días, y paece que le han molío toos los huesos.

Y como a pesar de que en apariencia estaba cumplida la misión de la chiquilla, esta no se quitaba del marco de la puerta, el pintor, compadecido, la apartó diciendo:

-Pasa hija. Ven, te daré un poco de vino de Málaga...

Entró la niña tímidamente, pero sin remilgos ni dificultades, y ya en el taller, miró alrededor con ojos asombrados, que expresaban el respeto por lo que no se comprende y un vago susto. De pronto sus pupilas tropezaron con un desnudo de mujer; el de la mocetona flamenca y zafia, representada en una contorsión de ménade, sobre el mismo rebujo, de telas antiguas en que Kruger dormitaba ahora. Y Aurelio, que examinaba a la chiquilla, ya fuera de la penumbra de la antesala, con esa ojeada del artista que sin querer detalla y desmenuza, se echó atrás y se fijó lleno de interés. La palidez clorótica de la niña, al aspecto del "estudio de mujer", se había transformado en el color suave de la rosa que las floristas llaman "carne doncella", pasando poco a poco, mediante una gradación bien caracterizada, a tonos cuya belleza recordaba la de las nubes en las puestas de sol. Como si invisibles ventosas atrajesen la poca sangre de las venas y las arterias a la piel, subieron las ondas, primero rosadas y luego de carmín, a las mejillas, a la frente, a las sienes, a toda la faz de la criatura; y en el pasmo de su inocente mirar, y en la expresión de indecible sorpresa de su boca, se reveló una belleza interior tan grande, que Aurelio estuvo a punto de caer de rodillas.

Nada dijo la niña; nada el pintor tampoco. Sólo cuando la oleada de vergüenza empezó a descender también, gradualmente, preguntó Aurelio, tímido a su vez:

-¿Eres tú hija del tío Onofre?

-No señor... Soy su ahijá. No tengo padre ni madre.

-¿Con quién vives?

-Con tío Onofre.

-¿Le sirves de criada? ¿Trabajas?

-Trabajo lo que puedo -fue la respuesta humilde-. Hay mucha necesiá... Si no fuera por los señoritos que retratan a tío Onofre, no se como saldríamos del apuro. Y ahora, con la enfermedá...

Envalentonada por la dulzura con que Aurelio le había hablado, prosiguió la niña:

-Nos vamos a ver negros. En casa, señorito, no hay una peseta. Como tío Onofre tiene esa mal costumbre de la bebía... Si no es la bebía, hombre más bueno no se encuentra en to Madrí. Pero el maldito amílico..., que le tiene corroías las entrañas... Y como tío Onofre sabe que usté y el otro señorito pintor que vive en el Pasaje son tan caritativos..., pues me dijo, dice: "Te vas allas, Selma, y que en igual de retratarme a mí, te retraten a ti por unos días..., porque al fin ellos lo que quieren es retratar a cualquiera sinfinidá de veces..., y la guita que te la den por adelantao..., y a ver si nos remediamos."

Contempló Aurelio al nuevo modelo que se le ofrecía, con la mirada involuntariamente dura y cruel del chalán y del inteligente en el mercado. Al través de la pobre falda de zaraza y del roto casaquillo, adivinó las líneas. Eran seguramente adorables, delicadas y firmes a la vez, con la pureza del capullo cerrado y la gracia de la juventud, que lo convertirá pronto en flor gallarda, de incitadora, frescura. La proporción del cuerpo, la redondez del talle, la elegancia del busto, la gracia de la cabeza, todo prometía un modelo delicioso, de los que no se encuentran ni pagados. Aurelio se regocijó. ¡Quizá estaba allí la inspiración de la obra maestra!

Pero cuando iba a pronunciar el sacramental: "Desnúdate", el recuerdo de la ola de sangre inundando el rostro, ascendiendo hasta la frente y las sienes, borrando con su matiz de carmín las facciones, le detuvo, apagando en su garganta el sonido. Se sintió enrojecer, a su turno; le pareció haber cometido, allá interiormente, alguna acción vergonzosa. Y acercándose a la niña fue esto lo que le dijo:

-Te retrataré; pero con la condición de que no te retrate nadie más que yo. ¿Entiendes? pago doble... No vas a casa de ningún otro señorito. Yo te daré dinero... Ahora hija mía..., para que te retrate..., te colocarás así..., así..., mirando a esa figura. ¿Quieres?

Y, mientras las mejillas de la niña y a sus sienes virginales subía otra vez, ante el impúdico y vigoroso "estudio" de la Ménade, la ola de vergüenza, Aurelio, con nerviosa vehemencia primero, con pulso seguro después, manchaba el lienzo bocetando su cuadro, "Pudor", que le valió en la Exposición el primer triunfo, una segunda medalla.

La casuca, al borde del camino, separada de la cuneta por un jardín no mayor que un pañuelo, era simpática, enyesada, con ventanas pintadas de azul ultramar rabioso, y un saledizo de madera que decoraban pabellones de rubias espigas de maíz. En el jardín no dejaban cosa a vida gallinas y el gallo, escarbando ellas con humilde solicitud y él con arrogante desprecio; pero así y todo, los rosales "lunarios" se cubrían de finas rosas lánguidas, las hortensias erguían sus copos celestes, y un cerezo enorme, amaneradamente puesto por casualidad a la izquierda de la casa, daba fresca sombra. Aquella vista podía ser asunto de país de abanico, y mejor si la animaba la presencia de la chiquilla alegre y reidora, en quien la vida amanecía con lozanos brotes y florescencias primaverales.

Huérfana era Minga, pero no había notado la soledad ni el abandono, gracias a su hermano Martín, que le prodigó mimos de madraza y protección de padre. La niñez no siente nostalgias de lo pasado cuando es dulce lo presente. Minga no recordaba el regazo maternal. Era Martín -solían repetirlo los demás mozos de la aldea, y no siempre con piadosa intención -como una mujer, El sabía amañar el caldo y arrimar el pote a la lumbre; él lavaba, torcía y tendía la ropa; él vendía en la feria la manteca, la legumbre, los huevos; él vestía y desnudaba a Minga mientras fue muy pequeña, y la tomaba en brazos y la sonaba y desenredaba la vedija de seda blonda, luminosa y vaporosa como un nimbo de santidad... También la llevaba de la mano a la iglesia, porque Martín era algo sacristancillo. Ayudaba al señor cura, y su vaga aspiración, si no hubiese tenido que dedicarse a cuidar de su hermana, sería cantar misa, adornar mucho los altares, ponerle a su Virgen flores, colgarle arracadas de perlas.

La condición de Martín, su índole afeminada y pulcra, se conocía en lo limpio de la casuca enyesada y reluciente, en la ocurrencia de rodearla de jardín, en el primoroso seto de cañas, en el vestir de Minga, siempre aseada y hasta engalanada con pañolitos de seda los días festivos, y en cierta cortesía humilde que Martín mostraba a todos, a la gente de la aldea y al señorío, multiplicando las fórmulas obsequiosas, los "vayan con salud" y los "Dios los acompañe". No hubo sombrerón de fieltro menos pegado a la cabeza que el de Martín, ni rapaz más enemigo de parrandas y tunas, ni que así aborreciese el cigarro y la perrita, ni que con tal premura se escabullese del atrio o de la robleda al presentir que iba a armarse "una de palos". Rozándole o empujándose pasaban las mozas jaraneras y comprometedoras, que en todas partes las hay, y Martín no apartaba los ojos del suelo. Únicamente sonreía a las muchachas cuando ellas cogían por banda a Minga y la hartaban de rosquillonas,

duras, como guijarros, o de zonchos fríos, o de caramelos pringosos. La cuerda de aquel cariño fraternal, casi paternal por la diferencia de edades, era lo que vibraba en Martín con vibraciones hondas, con latidos de corazón inmenso.

¡Qué rechifla se levantó en la aldea al saberse cómo Martín había caído soldado! ¡Soldado aquella madamita, aquel miedoso, aquél que sabía coser y planchar y lavar como las hembras! ¡Aquél que ni gastaba navaja, ni bisarma, ni una triste vara aguijadora! No hubo quien no se riese: los viejos con bocas desdentadas, las mozas con bocas frescachonas de duros dientes. Sin embargo, prodújose la reacción. Los pobres tienen prójimo, las comadres de la aldea, las que han enviado hijos al servicio del rey, son piadosas. Y al ver a Martín tan pasmado, tan alicaído, tan encogido de alma, las buenas comadres probaron a consolarle a su modo con palabras de resignación, de esperanza quimérica, fantaseando intervenciones de santos y milagros sin pizca de verosimilitud. Martín agachaba la cabeza, cruzaba las manos, miraba a Minga y callaba... Él sabía que era forzoso ir, no sólo al cuartel, sino a algo más terrible, que no se explicaba, que tenía para él mucho de misterio y más de horror,

de eso que se ve en las ansias de la pesadilla... ¡La guerra...! ¡La guerra lejos, lejísimos..., más allá de los mares!

Pasábamos una tarde por delante de la casucha, y el señor cura, que nos acompañaba, señaló hacia la cerrada puerta, el jardín comido por las ortigas y zarzales, el balcón sin sus ristras de espigas, todo solitario y muerto, con esa muerte de los objetos que indica la ausencia del espíritu, de la actividad humana, vivificadora, ¡Ay! El señor cura no se consolaba de la falta de Martín. ¿Dónde encontraría otro así para ayudar a misa, encender y despabilar velas, doblar y guardar las vestiduras, otro madamita igual, mañoso, dócil, bien hablado, bien mandado?... ¡Y pensar que se lo habían llevado a pelear con los negros! ¡Qué cosas! ¡Qué desdichas!

-¿Y la niña, la hermanita? -pregunté recordando una cabeza con aureola de rizos alborotados de un rubio blanquecino, una risa infantil, unos labios de cereza, unos ojos celestes.

-¡La niña! -repitió el cura-. ¡Esa..., ya ni se acuerda de tal hermano! La recogió la tabernera, ¿no sabe?, la mujer del Xuncras..., y como no tiene chiquillos, están con ella que no atinan donde la pongan. Hay criaturas así, que son hijas de la suerte. Figúrese lo que le esperaba a la chiquilla. O meterse a servir (¿y de qué sirve una criada de once años?), o ir al Hospicio, o dedicarse a pedir limosna... Y por cuánto la víspera de la marcha de Martín, al pobre rapaz le tienta Dios a entrar en el tabernáculo del Xuncras para echar unos vasos y quitarse las melancolías; y le sacan vino, y caña, y bala rasa, ¡yo que sé!, y a los pocos tragos -como él nunca lo cataba- se le sube a la cabeza y rompe a llorar y a gritar y a decir que le daba el corazón que no volvería y que Minga se moriría de necesidad... Y resulta que la tabernera, un corazón de mantequilla de Soria, también suelta el trapo, se le agarra al cuello y le ofrece cargar con Minga. El marido se oponía; pero la mujer le convenció de que allí se necesitaba una rapaza para fregar los vasos y barrer... Y quien friega y barre es la tabernera, y Minga está como la reina, mano sobre mano y bien regalada, y riéndose y cantando... Es alegre como unas pascuas. ¡Buen cascabel se prepara ahí! ¡Si da grima ver aquella cara tan satisfecha y al mismo tiempo la ropa de luto!

Y al notar, mi sorpresa, el cura prosiguió:

-¿No lo sabía? ¡Claro que sí!, al instante... Si fuese un holgazán, un vicioso, un quimerista, un bocarrota, aquí volvería sano y salvo... Como era tan modosiño y doblaba tan bien las casullas, ¡duro en él! Fue una de esas cosas de pronto, sin chiste... Una emboscada, una trampa en que cayó el destacamento. Lo supe por carta que se recibió en Marineda, de un sargento que escapó con vida. Diez o doce murieron y entre ellos Martín. No lo trajeron los periódicos; ¡si fuesen a traer las menudencias!... A Martín le saltaron a la cara dos negrotes. Lo particular es que aseguran que se defendió como una fiera. Estoy por no creerlo. ¡Pobre madamita! Milagro si no se puso de rodillas a que le perdonasen. El sargento parece de Sevilla. ¿Pues no dice que Martín envió al otro barrio a uno de los mambises, que era un animal atroz? ¿Y no cuenta que casi podría con el segundo, y si no fuese porque tropezó y resbaló y el otro se le echó sobre el cuerpo y con todo el peso, lo acaba? ¡Bah, bah! El asunto es que a Martín...

Un gesto expresivo, una mano girando con rapidez alrededor de la garganta, completaron la frase.

-Y aún ayer apliqué por él la misa -añadió el señor cura cuando ya doblábamos el pinar.

"Blanco y Negro", núm. 494, 1900.

Atacado de hipocondria y roído de tedio; cansado del mundo, de los hombres, de las mujeres y hasta de los caballos; agotados los nervios y vacía el alma, Tristán decidió morir. ¡Bueno fuera quedarse, porque sí, en un mundo tan patoso y de tan poca lacha; un mundo en que los goces se resuelven en bostezos, y en desencantos las ilusiones! Acabar de una vez; dormir un sueño que no tuviese el contrapeso del despertar probable. Y Tristán, resuelto ya a la acción, empezó a pensar en el "modo".

La verdad ha de decirse: el pícaro "modo" era como un hueso que se le atragantaba a Tristán. Entre el sincero deseo de dejar la vida y el acto de quitársela media un solo movimiento; ¡pero qué movimiento, señores! Comparado con este, parece fácil el de levantar en peso una montaña... Las indecisiones de Hamlet, tortas y pan pintado en comparación con las de muchos infelices hijos de este siglo, a un tiempo codiciosos y temerosos del no ser. Ni pizca de cobarde tenía Tristán; pero el valor no es cantidad fija; hay quien no teme a un león, y se pone pálido al ver a una cucaracha. Nervioso, de imaginación cruel, Tristán se horripilaba del instante fugacísimo en que la bala del revólver destrozase la masa de su cerebro, o la cuerda estrujase brutalmente su garganta. Por extraña contradicción convencido del aniquilamiento final, hasta le preocupaba lo que sucedería "después" a su cuerpo, y veía la escena póstuma, el grupo formado alrededor de su cadáver y oía las frases triviales, las inevitables reflexiones lastimosas de amigos y sirvientes, todo ello ridículo, semigrotesco, parodia de algo trágico y grande no realizado. Su buen gusto se sublevaba contra semejante final, "Morir, si; pero sin dar espectáculo; irse de la vida como quien se retira de un salón, discretamente." Maduro el propósito, Tristán discurrió que el lugar más oportuno de ponerlo por obra era un viejo castillo que poseía a orillas del mar. Recogiéndose allí algún tiempo, la sociedad, si al pronto extrañaba su falta ya le habría olvidado cuando sucediese lo que debía suceder...

El caso era no dejar rastro alguno. "Como averigüen Perico Gonzalo y Manolo Lanzafuerte mi paradero, allí se descuelgan a pretexto de cazar o pescar...". Y rodeó su último y solitario viaje del complicado misterio propio de otras escapatorias más gratas. "Creerán que mi fuga tiene cómplice...", se dijo a si propio, con irónica tristeza, el futuro suicida.

Al verse en el castillo, antiguo solar de su familia, Tristán comprendió que no cabía mejor fondo para el sombrío cuadro que intentaba pintar. Las abruptas montañas, las renegridas piedras, los paredones que la hiedra asaltaban, la costa erizada de escollos, la playa siempre azotada por el recio oleaje, la torre donde anidaban lechuzas y búhos, respiraban desolación y fúnebre melancolía. Acrecentaba el horror del paisaje la estación, que era la del equinoccio de otoño con sus furiosas tempestades y los frecuentes naufragios por la niebla, empujadas por el temporal, venían a encallar y a deshacerse en los traidores bajíos de la Corvera, próximos a la playa que se extendía a los pies de la residencia de Tristán. El incesante y ronco mugido del oleaje; el horizonte cerrado en brumas o surcado por lívidas exhalaciones; la tierra empapada en agua; el arenal sembrado de despojos, tablas y barricas, cuando no de cadáveres, armonizaban tan bien con el estado de ánimo y los proyectos de Tristán, que decidió buscar reposo en el fondo de las aguas, haciendo creer que le había arrebatado una ola. Y para familiarizarse con la idea, bajaba a la playa diariamente, sintiendo que se apoderaba de su alma el vértigo de lo desmesurado y la atracción del hondo abismo. Su plan de suicidio se concertaba aprisa, y se le agarraba al espíritu de tal manera, que ya soñaba con él lo mismo que se sueña con la primera cita de una mujer hermosa y adorada.

Una tarde de horrible tempestad, en el que el huracán sacudía las veletas del castillo y retorcía los árboles, desmelenando locamente el ramaje, creyó Tristán que era llegado el momento de ejecutar su determinación, y descendió, o, mejor dicho, se despeñó al arenal, luchando a brazo partido con el viento y alumbrado por el repentino fulgor de los relámpagos. Uno que encendió el horizonte le mostró, sobre la cresta de enorme ola, algo que podía ser o profecía o imagen fiel de su destino: era el cuerpo de un hombre, un ahogado que, flotando, venía a ser despedido contra los escollos. "Me pondré un buen peso a la garganta para no sobrenadar", calculó Tristán al divisar al muerto que se acercaba; y dos minutos después, la ola gigantesca, rompiéndose en las rocas a flor de tierra ya, depositaba sobre la arena al ahogado.

Tristán se precipitó hacia él por instinto, y, alzando el cadáver, lo arrastró hacia el fondo del arenal, reclinándolo en una peña. A la claridad macilenta del poniente pudo observar que era un hombre joven y robusto. "¡Cuánto habrá luchado éste -pensó- para evitar lo que yo busco a todo trance!" Palpó el torso desnudo, magullado por las piedras, y no creyó advertir en él la rigidez de la muerte. Hasta le pareció percibir un resto de calor vital. Sintió una sacudida eléctrica. "¡Vive! ¡Este hombre vive aún!" Temblando de emoción, recordando los primeros socorros que deben prestarse a los ahogados, colocó al hombre con la cabeza alta, le inclinó hacia el lado derecho y le sacudió reiteradamente hasta que hubo arrojado un chorro de agua por la boca. Volvió a hincar la palma sobre la tetilla izquierda, y creyó notar un débil latido del corazón, que le hizo exhalar un grito de alegría. Con sobrehumano vigor, cargando a hombros el cuerpo inerte, se lanzó por la cuesta que trepaba al castillo. El peso era grande; a mitad de la cuesta, notó Tristán que la respiración le faltaba; detúvose un instante, y con doblados bríos siguió después, sin detenerse hasta soltar al ahogado en la cocina del castillo, donde ardía un buen fuego de leña.

-¡Pronto! -gritó Tristán a sus servidores-. Vengan mantas; a calentar ladrillos y a llenar botellas de agua hirviendo; a traer un colchón. ¿Hay aguardiente?

Y mientras corrían para facilitarle lo que reclamaba, Tristán, inclinado sobre el cuerpo, veía con inquietud la azulada palidez del rostro, señal cierta de la asfixia, y creía que la chispa de vida, la débil llama, iba a extinguirse. "Hay que intentar el gran remedio." Y con más ilusión que nunca había probado al acercar sus labios a los de ninguna mujer, pegó su boca a la boca yerta del ahogado, acechando el primer soplo de aire, mientras sus manos fuertes y elásticas oprimían rítmicamente el esternón y el vientre, provocando, por medio de enérgicas tracciones, la respiración artificial. Palpitante de esperanza y de caridad, se regocijaba cuando a la boca fría asomaban buches de agua amarga, mezclados con impurezas. ¿Si era que ya penetraba en los pulmones el aire bienhechor? De súbito percibió bajo sus labios un estremecimiento ligero; no cabía duda: ¡el hombre respiraba! Afanoso, redobló la espiración, enviando aquella onda tibia que era la existencia, la resurrección, la salvación del moribundo... Y así que el rostro de éste se coloreó ligeramente, así que se entreabrieron sus párpados, Tristán, rendido, sin darse cuenta de lo que hacía, cayó de rodillas, cruzó las manos, y dos lágrimas pequeñas, dulces, frescas, se descolgaron de sus lagrimales...

A estas horas, Tristán no se ha suicidado, ni es de creer que piense en suicidarse. ¿Consistiría en que apreció la vida cuando la dio envuelta en su aliento? ¿Será que el tedio se disipa con la primera buena obra, como el fantasma al canto del gallo?

Desde lejos no lo veríais, por que lo tapa densa cortina de castaños y grupos de sauces y mimbreras, cuyo fino verdor gris armoniza con la pálida esmeralda del prado. Pero acercaos, y os prende y cautiva la gracia del molino rústico; delante la represa, festoneada de espadañas, poas, lirios morados y amarilla cicuta; la represa, con su agua dormida, su fondo de limo en que se crían anguilas gordas y cuarreadoras ranas; luego, las cuatro paredes blancas de la casuca, su rojo techo, su rueda negruzca que bate el agua con sordo resuello y fragor... Y en la puerta, de pie, con las abiertas palmas apoyadas en las macizas caderas, iluminado el moreno rostro por los garzos ojos y los labios de guinda, empolvado a lo Luis XV el revuelto pelo rizoso, divisáis a Mariniña, la molinera, que mira hacia la vereda del soto, esperanzada de que no tardará en asomar por ella Chinto Moure...

Para ir al molino jamás faltan pretextos; siempre hay un ferrado de millo, un saco de trigo que moler con destino a la hornada de la semana. Los de la aldea ya lo saben: Chinto está dispuesto a desempeñar la comisión, dando las gracias encima. Provisto de una aguijada con que pica a su caballejo y de un luengo "adival" para amarrarle los sacos al lomo; descalzo en verano, calzado en invierno con gruesos borceguíes de suela de palo, Chinto emprende su caminata desde la parroquia de Sentrove hasta el molino de Carazás, por ver un rato a Mariniña y gustar con ella sabroso parrafeo, entre el revolar de las finas nubes del moyuelo y la música uniforme del rodicio que tritura el grano incesantemente.

¿Por qué, si tenían sus pensares tan juntos y sus corazones tan allegados como la blanca muela y el rubio maíz, no disponían casarse la Mariniña y el Chinto? Nadie lo ignoraba en la parroquia: Chinto no había entrado aún en suerte; y su terror del cuartel y del uniforme era tal, que si le tocaba un mal número, había resuelto largarse a la América del Sur en el primer barco que del puerto de Marineda saliese... Y aún por eso se burlaban y hacían chacota larga de Mariniña los mozos de Carazás y los de las circunvecinas parroquias, anunciándole que con un amante y esposo tan cobarde y apocado, mal defendidos andarían el día de mañana la mujer y el molino, mal cobradas las maquilas, mal reprimidos los intentos de retozo con la frescachona y rozagante molinera.

El exterior de Chinto no puede negarse que prestaba fundamento a estas suposiciones y augurios del porvenir. De estatura mediana, esbelto, con una cabeza ensortijada semejante a la de los santos del retablo de la iglesuela románica en que oyen misa los de Carazás, Chinto parecía linda doncella disfrazada con hábito de varón; su voz era suave; su acento, humilde; sus modales, tímidos y corteses. El trabajo del campo no había sido bastante para curtir su piel, y al entreabrirse su camisa de estopa descubría un blanco cutis, raso y terso, una dulce seda que enloquecía a Mariniña... Porque conviene saber que la molinera, aquella moza resuelta y enérgicamente laboriosa, "una loba", como decían las comadres del rueiro, se enternecía, se bababa de gusto, se moría, en fin de amor por el mozo delicado y aniñado -hasta afeminado podría decirse- que todas las noches andaba y desandaba la vereda del molino.

No es que a Mariniña le faltasen otras proposiciones. Al contrario: mujer más rondada y pretendida no existía en tres leguas a la redonda, desde la orillamar y los puertecillos de pesca que bañan las plateadas ondas de la ría, hasta los cerros de Britón, donde empiezan a erguirse los rudos peñascos célticos entre sombríos pinares. No consistía tanto en las turgentes formas y las floridas mejillas de la molinera como en el maldito señuelo de la molienda, en la complicidad del rodicio, en la familiaridad de la maquila. En la aldea no hay "Casinos" ni "Veloces" no se sabe qué sean un sarao ni un raou; pero no os fiéis; lo que pasa en la corte entre paredes vestidas de seda, ocurre allí en el atrio de la iglesia a la salida de la misa mayor, en la "desfolla", en el campo de la romería o en las noches del molino...

Sobre todo en las noches del molino; en verano, a la clara luz de la luna; en invierno, a la dudosa claridad de la candileja de petróleo, conciértanse las voluntades y se teje la guirnalda de amapolas y manzanilla del rústico amor. La brisa, la aglomeración del trabajo, obligan a moler la noche entera, y esperando su saco se juntan allí rapaces y rapazas, cruzando coplas de enchoyada, vivo diálogo galante, de finezas y desdenes, de sátira y picardía, que a veces acompaña la pandereta en argentino repique. Y en la atmósfera caldeada del "salón" campesino, Mariniña reina y atrae las voluntades: ya arisca, ya risueña; pronta a la chanza; instantánea en reprimir a los obsequiadores desmandados y sueltos de manos en demasía; activas y fuerte en el trabajo, animosa y de recios puños para erguir el saco lleno o ayudar a descargarlo y a vaciarlo..., no hay mozo, de los que al molino concurren, que no piense en la molinera, y no le profese ojeriza y tirria a Chinto, murmurando de él con frases despreciativas e irónicas: "¡Vaya un gusto raro, ir a antojarse de aquel papirrubio, de aquella madamita, a quien le venían las sayas antes que el calzón! ¡Uno capaz de desfondarse de miedo a la idea de servir al rey! ¡Uno que hasta no fumaba, ni gastaba navajilla ni "echaba palabras", ni el día de la fiesta cataba el aguardiente! ¡Un "papulito" que nunca había arrimado un palo a nadie, ni sabía romper una cabeza a golpe de bisarma!

La rabia de los desairados pretendientes contra el afortunado Chinto les inspiró una idea diabólica. Entraron en la conjura Santiago de Andrea, Mingos el de Sentrove, Carlos Antelo, Raposín... la "trinca" de calaverones de montera que solían recorrer las aldeas en son de parranda y tuna, pegando atruxos retadores y arrimándose a la cancilla de las raparigas casaderas para disparar coplas picantes... Sucedía esto allá por noviembre, cuando la senda que guía al molino se empapaba en rocío glacial, y las caídas hojas de los castaños formaban mullido tapiz, y los cendales de la niebla, envolviendo el paisaje en velo espeso, dejaban entrever las siluetas descarnadas de los árboles, parecidas a espectros de luengos brazos.

Sabedores los conjurados de que Chinto pasaría en dirección al molino a eso de la media noche, envolviéronse en blancas sábanas, encasquetáronse en la cabeza ollas con un par de agujeros cada una, y dentro, sendos cabos de vela de sebo; retorcieron haces de paja, y se apostaron en la linde del castañal, a la hora en que la luna se esconde y el mochuelo saluda a las tinieblas con su queja lúgubre.

Tardaba Chinto en llegar; no se oía rumor alguno en el sendero, sino a lo lejos el sollozo del molino, y el frío y la impaciencia producían honda desazón en los conspiradores. Al principio habían reído y bromeado, celebrando la ocurrencia, que era, como ellos decían, "una pava" preciosa. Remedar una procesión de fantasmas, de almas del otro mundo, la fúnebre "compaña", encender el cabo de sebo y los haces de paja y desfilar así ante el medroso Chinto..., ¡para reventar de risa! Pero transcurría la vigilia; el rocío, lento y helado, impregnaba los huesos; y a lo lejos fanfarroneaba el cántico del gallo..., y ni señales de Chinto. Empezaban a deliberar si convendría retirarse, a tiempo que allá, de lo oscuro del bosque, salió un gemido, una queja sobrenatural. Otra queja más doliente, si cabe, respondió a la primera, y los cabellos de los conspiradores se erizaron al divisar dos blancos bultos que surgían de entre los castaños y avanzaban lentamente con sepulcral majestad. Los más, remangando el sabanón, echaron a correr; Mingos, el de Sentrove, cayó accidentado; Carlos Antelo se postró de rodillas y empezó a confesarse y pedir perdón de sus culpas; Santiago de Andrea fue el único que quiso arremeter contra los aparecidos; y lo hiciera si una pedrada certísima, dándole en mitad de la frente, no le tumba en el suelo, medio muerto de veras...

Sábese todo en las aldeas, y a vueltas de mil supersticiosas invenciones y cuentos de "trasnos" y brujas, se averiguó la verdad, y se solazaron en el molino a expensas de los burlados burladores. Porque era la avisada y traviesa Mariniña, y era Chinto, por ella prevenido y aleccionado, quienes, con el disfraz de fantasmas y con un buen fragmento de cuarzo de la carretera habían dispersado la hueste y santiguado al de Andrea, el más terco de los rondadores que a la molinera asediaba. La rabia, el despecho, la vergüenza inspiraron al mozo un ansia terrible de vengarse, y de vengarse donde todos lo viesen, a la faz de la parroquia. Resolvió, pues, la primera noche que en el molino estuviese reunida gente bastante para servir de testigos, desafiar a Chinto y sentarle la mano a bofetadas y coces, hasta desbaratarle.

A tiempo que con tan sañudos propósitos entraba en el molino Santiago (pocos días después de Reyes), hallábanse Mariniña y su mozo ocupados en colocar un saco de harina, riendo tiernamente cuando sus dedos se tropezaban o sus rostros se aproximaban, en el calor de la tarea. Al punto conoció la molinera que el desdeñado y apedreado galán venía pendenciero, y con disimulada seña ordenó a Chinto que se apartase. La angustia y el temor de que pudiesen llegar los desquites a poner en riesgo la vida de Chinto, prestaron a Mariniña en aquel instante una rapidez de concepción y una energía de acción mayor aún de la acostumbrada. Encarándose con Santiago, y riendo y provocándole, le propuso loitar.

Esta costumbre de la lucha, que ya va desapareciendo, subsiste aún en algunas comarcas galaicas, resto quizá de un estado social belicoso en que la mujer combatía al lado del varón. Luchan todavía las mozas entre sí, y hasta desafían al mozo, degenerando entonces la batalla en deleitable juego. Pero desde el instante en que Santiago -cuya sangre ardía en tumultuosa ebullición- se arrodilló frente a Mariniña, también arrodillada, comprendió por instinto que aquella lucha no sería como otras; que iba de veras. Sólo con ver el movimiento de la moza al arremangarse, el brillo de sus ojos orgullosos, la rigidez de su talle, la dura barra de su entrecejo, se adivinaba la loita seria, en que se trata de derrengar al contrario, empleando todo el vigor de los músculos y toda la resolución del alma.

Mientras Chinto, pálido y tembloroso, se acogía a un rincón, los adversarios se asían de las manos, poniendo en tensión el antebrazo y acercándose hasta mezclar el afanoso aliento. Mozos y mozas, en corro, se empujaban por ver mejor, apostaban y discutían. Santiago desplegaba plenamente su fuerza, al notar que Mariniña, por momentos, le dominaba el pulso. Rojo el semblante, sudoroso el cutis, pugnaba el rapaz, en tanto que la amazona, firme y recia, sostenía su empuje ganando terreno. Tenerla así, tan cerca turbaba a Santiago, quitándole el sentido; y ella, indiferente, atenta sólo a vencer, aprovechaba el trastorno de su adversario, e insensiblemente se le imponía. Al fin giró en el vacío la muñeca derecha del varón; doblóse el brazo; el izquierdo también cedió al pujante impulso de la mujer..., y Santiago, dando el "pinche", fue lanzado hocico contra tierra, sujetándole la triunfante Mariñina que sin piedad, le hartaba de mojicones, le molía a puñadas en la nuca y en los lomos, le refregaba el rostro en el salvado y la harina que cubrían el piso, y no le permitía levantarse hasta que se confesaba rendido, vencido, dispuesto a aceptar la paz bajo cualquier condición que se le ofreciese.

Apenas se alzó Santiago, magullado, enharinado y con careta, Mariniña le sacó a la represa del molino, donde, mojando su delantal le lavó ella misma la cara. Y mimosa y dulce, como es siempre la gallega, por forzuda y briosa que la haya criado Dios, dijo a su enemigo derrotado:

-Por la madre que te ha parido no me has de espantar a Chinto, "pobriño", que el infeliz no sirve para hacer "barbaridás" como tú y más yo, y es un santo, sin mala intención, que con su sangre se pueden componer medicinas... Y si él es medroso, yo soy valiente, diaño... Y no he de casar más que con él, y si cae soldado, se vende el molino y se compra hombre... Si me tienes ley, Santiaguiño, con Chinto no te metas... ¿Palabra?

Suspiró el mozo, y acaso no sería porque le doliesen los arañazos ni los chichones, miró a Mariniña, toda roja aún de la lucha; le dio un cachete familiar, de cariño y resignación, y respondió lacónicamente, secándose con el pico del mandil que no se había humedecido en la represa:

-Palabra.

La señora de Anstalt, mujer de un banquero opulentísimo, nerviosa y antojadiza, agonizaba de aburrimiento el domingo de Carnaval, después del almuerzo, a las dos de la tarde. ¡Qué horas de tedio iba a pasar! ¿En qué las emplearía? No tenía nada que hacer, y la idea de mandar que enganchasen para dar vueltas a la noria del eterno Recoletos, contestando a las insipideces o humoradas de los tres o cuatro muchachos de la crema que acostumbraban a destrozar su landó tumbándose sobre la capota; la perspectiva del bolsón de raso pitado, lleno de caramelos y fondants; lo manido y trivial de la diversión, le hacía bostezar anticipadamente. ¿Se decidiría por la Casa de Campo o la Moncloa? ¡Qué melancolía, qué humedad palúdica, qué frío sutil de febrero, de ese que mete en los tuétanos el reuma! No, hasta abril la naturaleza es avinagrada y dura. "¡Lástima no ser muy devota! -pensó Clara Anstalt-, porque me refugiaría en una iglesia... "

Mujer que se aburre en toda regla, y no es devota, y es neurótica a ratos, está en peligro inminente de cometer la mayor extravagancia. Clara, de súbito, se incorporó, tocó el timbre, y la doncella se presentó; al oír la orden de su ama hizo un mohín de asombro; pero obedeció en el acto, sin preguntas ni objeciones de ninguna especie; salió y volvió al poco rato, trayendo en una cesta mucha ropa doblada.

-¿Está usted segura, Rita, de que es la librea nueva, la que no se ha estrenado aún?

-¡Señora! Como que ni la ha visto Feliciano: la trajo el sastre ayer noche; la recogí yo de mano del portero, y pensaba entregársela ahora...

-Que no sepa que ha venido. Deje usted esa cesta en mi tocador, y vaya usted a comprarme una cabeza entera de cartón, la más fea y la más cómoda que se encuentre.. Una que no me impida respirar... ¿El señor ha salido ya?

-Hace un rato.

-Pues todo en silencio, chitito..., ¿eh?

Regresó Rita prontamente, con sobrealiento; Clara se impacientaba, corría de aquí para allí y reía en alto, como los niños cuando se prometen una diversión loca, incalculable. Encerráronse en el tocador ama y criada, y ésta recogió a aquélla el sedoso pelo, y le calzó las botas de campaña del lacayito, después de vestirle el calzón de punto y la levita corta, y ceñirle el cinturón de cuero. Por último, afianzó en sus hombros la careta enorme.

Desfigurada así, con la vestimenta que se adaptaba perfectamente a sus formas gráciles, esbeltas y sin turgencias, parecía un señorito fino que por ocultarse mejor ha pedido prestada la librea del mozo de cuadra.

Clara brincó de júbilo. La asaltó la idea de si podrían maltratarla, y pensó llevar un arma; pero recordando una frase favorita de su marido: "No hay bala que alcance como un billete de mil", sacó de su secrétaire bastante dinero y lo echó en el fondo de un saco de brocatel, cubriendo la boca con una capa de confetis y escarchadas violetas. "Saldré por las habitaciones del señor al jardín. Traiga usted la llave y mire si anda alguno que me vea". Y ya en la verja, que caía a una calle solitaria, Clara, una vez más, se volvió hacia Rita aplicando el dedo a los labios de cartón, como si repitiese: "¡Silencio!"

Al verse en la calle, primero anduvo muy aprisa; después acortó el paso, saboreando su regocijo. ¡Verse libre, sola, ignorada, perdida entre la multitud, sin trabas ni convenciones sociales; dueña de ir a donde quisiese, de entretenerse en un espectáculo nuevo y original, el de la gente pobre, el populacho, en cuyo oleaje empezaba a sumergirse! En efecto; encontrábase Clara a la entrada de la calle de Génova, por donde descendían hacia el paseo de coches abigarrados grupos, una corriente no interrumpida de gentuza, que arrastraba pilluelos y mascarones desharrapados. Envueltas en la raída colcha y enarbolando la destrozada escoba o el pelado plumero; embutidos en la lustrina verde, colorada o negruzca de los diablos rabudos; ostentando la blusita del bebé o agitando a cada movimiento millones de tiras de papel de colorines chillones que de arriba abajo los cubrían, los mascarones pasaban alegres y bullangueros, charlando en falsete, requebrando a las chulas de complicado moño, literalmente oculto bajo una densa capa de confetti multicolores, que volaban en derredor a cada movimiento de la airosa cabeza. Algunas de aquellas mocitas de rompe y rasga, al pasar cerca de Clara, tomándola, como era natural, por un lacayito atildado y mono, la provocaban, la requebraban con pullas picantes. Clara se reía; no recordaba haberse divertido tanto desde hacía muchísimo tiempo.

La animación del Carnaval callejero se le subía a la cabeza, como se sube el mosto ordinario, pero fresco y vivo, de una fiesta popular. Encontraba el día hermoso, la vida buena, y un aire de primavera, al través de los agujeros de la máscara, acariciaba su boca y sus ojos. "Si lo saben y me despellejan" -pensaba-, "peor para ellos. Yo habré pasado una tarde encantadora. Ahora me acerco al paseo y me entretengo en insultar a todos mis amiguitos y amiguitas... ¡Valientes infelices!... Allí estarán aguantando jaquecas y comiendo pato..." Cuando discurría así, una vocecilla aguda resonó a sus pies, y unas manos débiles y tenaces se agarraron a sus botas.

-Oye, tú..., dame una limosna, por amor de Dios, que tengo mucha hambre.

Clara bajó la vista. Cien veces había oído el mismo sonsonete, y una moneda de cobre bastaba para desembarazarla del mendiguillo. Éste se me pega como una garrapata -pensó-. No tiene ganas de soltarme". Sacó del bolsillo del levitín una peseta y se la presentó al niño. Esperaba una expresión de júbilo, frases truhanescas y desenfadadas, de esas que saben decir los pordioserines del arroyo...

Con gran asombro vio que el chico, al tomar la peseta, cogía aprisa la mano del supuesto lacayo y la besaba humilde. Una especie de vergüenza y de pena desconocida hasta entonces penetró en el alma de la opulenta señora de Anstalt. ¡No había pensado nunca que con una peseta -cantidad para ella sin valor apreciable, como para otros el céntimo- se podía hacer brotar un chorro de agradecimiento tan ardoroso y tan espontáneo! Bajó los ojos trabajosamente con el estorbo de la cabeza de cartón, y, tomando al chico en brazos, le alzó en vilo.

-Pequeño, ¿de quién eres hijo? A ver.

-De nadie -contestó el pilluelo.

-¿Cómo es eso? ¿De nadie? ¿No tienes padre?

-No lo sé..., no lo conozco.

-¿Y madre?

-Sá muerto hace ocho días de una enfermedad muy mala.

-¿Y tú?

-A mí... querían llevarme al asilo; pero me escapé, y ando así por la calle. De noche me meto en el rincón de una puerta... De día pido limosna.

Clara reflexionó un momento. Después dejó en el suelo al chico, y le acarició la cabeza con la mano.

-Te quieres venir a una casa donde te darán de comer y dormirás en cama buena y caliente?

El chiquillo, al pronto, no respondió. Precoz instinto de independencia absoluta se alzaba sin duda en su espíritu, y las ventajas materiales del ofrecimiento no le tentaban; sin duda, su endeble pescuezo advertía la molestia del yugo, y sus manos descarnadas, vivo testimonio de la miseria fisiológica de un organismo sometido a las privaciones, se rebelaban contra los grillos y las esposas que pretendían ponerle en nombre del bienestar... Mientras dudaba y se sentía inclinado a escaparse corriendo, a fin de que no le llevasen a ningún lugar que tuviese techo y paredes, la mano de Clara, despojada del rudo guante, suave, femenil, halagaba el pelo enmarañado y golpeaba amorosa las escuálidas mejillas del granuja... Y este, magnetizado de pronto, exclamó:

-Vamos, vamos a esa casa..., ¡si estás tú en ella!

A la efusión el chico respondió inmediatamente, como un chispazo eléctrico al contacto de los alambres, el impulso ardoroso, irresistible, maternal, de la señora, que volvió a coger en brazos al pequeño, y no pudiendo besarle, le apretó contra su corazón.

-Sí, hijo mío... Estaré... ¡Verás cómo he de quererte!

Para que la resolución de Clara sea más meritoria, el mundo la ha calumniado, suponiendo que la criatura que recogió y que tan cariñosamente cuida y educa es un hijo hurtado, un contrabando doméstico. ¿Qué le importa a Clara? Ya no bosteza de tedio ninguna tarde del año.

-¿Creé usted -me preguntó el catedrático de Medicina- en algún presagio? ¿Cabe en su alma superstición?

Cuando me lo dijo, nos encontrábamos sentados, tomando el fresco, a la puerta de la bodega. La frondosa parra que entolda una de las fachadas del pazo rojeaba ya, encendida por el otoño. Parte de sus festoneadas hojas alfombraba el suelo, vistiendo de púrpura la tierra seca, resquebrajada por el calor asfixiante del mediodía. Los viñadores, llamados "carretones", entraban y salían, soltando al pie del lugar su carga de uvas, vaciando el hondo cestón del cual salía una cascada de racimos color violeta, de gordos y apretados granos.

¡Famosa cosecha! Yo veía ya el vino que de allí iba a salir, el mejor, el más estimado del Borde... Y medio distraída, respondí:

-¿Presagios? No... A no ser que... ¡Ah! Sí; un hecho le contaría...

-¿Algo que le haya "sucedido" a usted?

-¿A mí?... No. Se me figura (no me pregunte usted la causa de esta figuración) que a mí "no puede" sucederme nada. Y efectivamente, en toda mi vida...

-Entonces, permítame que no haga caso de los cuentos que traen personas impresionables..., o embusteras.

-No es cuento -afirmé, olvidándome ya de la interesante faena de la vendimia que presenciaba, y retrocediendo con el pensamiento a tiempos juveniles-. Es un caso que presencié. Así que usted lo oiga, comprenderá cómo no hubo farsa ni mentira. La explicación... no la alcanzo. En estas materias, ni soy crédula y medrosa, ni escéptica a puño cerrado. ¡Qué quiere usted! Vivimos envueltos en el misterio. Misterio es el nacer, misterio el vivir, misterio el morir, y el mundo, ¡un misterio muy grande! Caminamos entre sombras, y el guía que llevamos..., es un guía ciego: la fe. Porque la ciencia es admirable, pero limitada. Y acaso nunca penetrará en el fondo de las cosas.

Sacudió el catedrático su cabeza encanecida, sonrió y apoyando la barba en la cayada del bastón, se dispuso a escucharme -y a pulverizarme después porque suponía que iba a referirle algún sueño-. Los artistas no somos de fiar: vivimos esclavizados por la imaginación y cumpliendo sus antojos.

-¿Ha conocido usted a Ramoniña, Novoa? -principié yo.

-¿Que si la he conocido? Me llamaron a consulta el año pasado, cuando la operaron en Compostela, de un sarcoma en el pecho izquierdo. Por señas que desaprobé la operación, que sirvió para adelantar la muerte algunos días. Allí solo cabía dejar marchar las cosas a su desenlace inevitable.

-Pues sepa usted que Ramoniña, en sus mocedades, fue la chica más alegre y bailadora de todo el Borde. Su padre, don Ramón Novoa de Vindome, tenía el prurito de divertirla; la vestía muy maja; no le negaba capricho alguno. Adoraba en ella, porque era vivo retrato de su difunta mujer, a quien había profesado una especie de devoción y culto.

No se concebía función ni feria sin que Ramoniña Novoa se presentase a lucir su mantón de flores -era la moda-, su traje de seda con volantes, su mantilla de casco. Los señoritos del Borde la obsequiaban mucho, y ella coqueteaba con unos y con otros, sin decidirse ni acabar de escoger, según deseaba don Ramón, que, al estilo antiguo y patriarcal, rabiaba por un nieto.

Creían los antiguos que cuando quiere castigarnos Dios, realiza nuestros deseos insensatos. De improviso, Ramoniña, dejándose de coqueteos y bromas se enamoró hasta los tuétanos, ¿y de quién? De un pobrete estudiante, hijo de un cirujano romancista y sobrino del cura de Cebre, un perdido gracioso, que hacía versos y tocaba la pandereta con las rodillas y los codos. ¡Valiente boda para la mayorazga de Novoa de Vindome, del solar de Fajardo! El padre, inquieto al principio, furioso después, hizo la oposición a rajatabla y no perdonó medio de quitarle a Ramoniña de la cabeza semejante locura. La encerró en casa; la llevó a Auriabella; rogó; avisó; amenazó; puso en juego a los frailes, al confesor, a los parientes, a las amigas, al señor obispo... En vano. La cosa estaba adelantada ya; la libertad del campo y la falta de sospecha en los primeros tiempos habían estrechado el lazo y arraigado la pasión en el alma de la señorita..., y una noche se escapó con el estudiantillo, dejando a su padre en la mayor aflicción y vergüenza.

-Hemos concluido. Que se casen -decidió el señor Novoa-. Le entregaré la dote de su madre a mi hija..., y que no vuelva yo jamás a oír nombrarla ni a verla delante de mí.

Ya sabe usted lo que suele suceder. El panal de miel robada, al principio es dulce, pero acaba en hieles. El estudiante no varió de condición al casarse; con la dote de la esposa creyó poder darse vida cómoda y alegre, y no miró lo que gastaba, creyendo que, al acabarse, el señor de Novoa remediaría. Más éste fue inflexible, y cerró la puerta y la bolsa.

Los esposos se habían ido a vivir a Auriabella, y Ramoniña, triste y preocupada por más de un motivo -se decía que el marido tocaba la pandereta en sus carnes y la zurraba de firme-, escribió al padre carta sobre carta, sin obtener respuesta. Había nacido un chiquitín -aquel heredero tan deseado-, y cuando la criatura tuvo tres años y Ramoniña tres mil desengaños, vino a verme, para rogarme que la acompañase en la expedición que pensaba emprender al pazo de Vindome, con propósito de echarse a los pies de don Ramón, presentarle la criatura y lograr el abrazo de reconciliación y paz. "Si no veo a papá -decía-, creo que me muero".

-No vaya usted -aconsejé a Ramoniña-. No la recibirá don Ramón. Mire usted que le he hablado poco hace, y está firme en que no ha de cruzar con usted palabra en este mundo. "Sólo en la hora de la muerte la perdonaría..." son sus palabras. Y la hora de la muerte anda lejos. El señor de Novoa parece un mozo: está fuerte, come bien, sale a cazar, no le duele nada; hasta parece que piensa en volver a casarse. Dice que se ha propuesto tener un hijo varón. Sesenta años mejor llevados, no los hay en todo el Borde.

Ramoniña me miró con expresión de honda ansiedad, de infinita angustia, e insistió en que deseaba "probar la suerte". Como la vi tan afligida, tan consumida por las penas, no supe negarme, y dispusimos la marcha.

Salimos de Auriabella a la una de la tarde, en uno de los días más largos del año; el veinte de junio. Íbamos a caballo, porque no existe carretera entre Auriabella y el pazo de Vindome. Nuestras cabalgaduras, unos jacuchos del país, trotaban duro; delante, un criado llevaba al arzón al niño; detrás, nosotras dos y un espolique; Ramoniña encaramada en el albardón, no sin miedo, porque ya se encontraba algo adelantado su segundo embarazo. El camino... ¿Usted bien conoce el camino de Auriabella a Vindome? Hasta el alto de las Taboadas, regular; pero en llegando a la iglesia de

Martiños, un puro derrumbadero. Se la va a uno la cabeza si mira hacia el valle, allá en el fondo; y se marea si contempla las revueltas de un sendero estrechísimo. Es hermoso pero imponente.

Por eso, sin duda, según llegábamos a donde se divisa ya el campanario de Martiños, gritó Ramoniña que quería bajarse y andar a pie el trecho que faltaba hasta el pazo. Accedí a sus deseos, natural en su estado y situación de ánimo, y dejando a las monturas adelantarse con el espolique, nos quedamos algo rezagadas, andando despacio. El sol se ponía, y allá, en el valle, empezaba a condensarse la niebla. A aquel paso, llegaríamos a Vindome al anochecer. Ramoniña me preguntaba afanosa:

-¿Cree usted que mi padre no me dejará dormir siquiera en casa esta noche?

Se me han fijado, como si los estuviese presenciando ahora, los detalles de aquel suceso. Llegábamos junto a un pinar que se llama de las Moiras, y como se había levantado brisa, me puse el abrigo que llevaba al brazo. En esto se alzó la voz de Ramoniña, exclamando con acento de profundo terror:

-¡Jesús! ¡Jesús! ¿Oye usted? ¿Oye usted? ¡Jesús, María!

-¿Qué he de oír?

-Ahí... A la parte de Martiños... En la iglesia...

-Pero ¿qué? -repetí alarmada; tal era el espanto que la voz de mi compañera revelaba.

-¡El Oficio de difuntos! ¡Lo están cantando! ¡Lo están cantando!

Atendí a pesar mío. No se escuchaba sino el largo y quejoso murmurio de la brisa de la tarde en las copas de los pinos, y el trote, ya distante de nuestras cabalgaduras. Así se lo dije a Ramoniña, riéndome. Pero ella, abrazándose a mí, ocultando la cara en mi pecho, temblando, deshecha en sollozos, repetía:

-¡Es el Oficio de difuntos! ¡Si se oye perfectamente!... Son muchas voces... ¡Lo cantan! ¡Lo cantan!... ¡Jesús!

Hice una pausa, y el catedrático me interrumpió:

-Bien, ¿y qué? Una alucinación del oído. En estado de embarazo es lo más frecuente...

-Sí -objeté yo-; pero sepa usted que, cuando llegamos al pazo de Vindome, nos encontramos con que don Ramón acababa de morir súbitamente, de apoplejía; que su cuerpo estaba caliente aún; que ni aquel día ni los anteriores se había cantado el Oficio de difuntos en la iglesia de Martiños; y que Ramoniña lo oyó distintamente desde el pinar de las Moiras; ¿ve usted?, hacia allí...

El héroe de mi cuento nació..., no es posible saber dónde; lo único que dice Clío, musa de la Historia, es que cierta tarde del mes de julio apareció recostado sobre las amapolas, desnudito como un gusano, al margen de un trigal, en el tiempo de la siega. Por poco más le dejan en mitad del sendero, donde le aplastasen al pasar los inmensos carros cargados de rubia mies.

Vieron los segadores y segadoras a la criatura dormida en su santa inocencia, y la recogieron con ternura, bromeando entre sí, poniendo al nene el nombre de "Juan Trigo" y asegurándole una suerte loca, como de quien empieza su vida entre la misma abundancia.

Sin dilación pareció cumplirse el vaticinio. No había en la aldea -¡rarísima casualidad!- ninguna mujer que estuviese criando; pero la esposa del señor marqués, dueño del campo de trigo y de otros muchísimos, y de la más hermosa quinta en seis leguas a la redonda, acababa precisamente de dar a luz una niña muerta, y se temía por la madre si no desahogaba la leche agolpada en su seno. El médico aconsejó que la noble dama criase al niño abandonado, y éste encontró así, desde el primer instante, sustento, regalo y amor. Le envolvieron en finos pañales, le trataron a cuerpo de rey y creció hermoso y fuerte, rebosando viveza y alegría. La marquesa le cobró tierno afecto, más que de nodriza, de madre, y como no se creía que aquellos señores pudiesen ya tener sucesión, todos presumían que "Juan Trigo" iba a ser el heredero de su caudal y nombre. A deshora, corridos más de diez años, la naturaleza sorprendió al marqués con otra niña y a la marquesa con la muerte, causada por el difícil y trasnochado lance; y aunque Juan, como muchacho, no comprendió del todo lo que perdía, lo sintió y adivinó, y se le vio muchos meses extrañamente abatido y triste.

No obstante, su situación, al aparecer, no había cambiado. O en memoria de su esposa o por verdadero cariño, el marqués seguía tratándole como antes: hasta le demostraba preferencia, con tal extremo, que empezó a divulgarse la conseja de que Juan era verdadero hijo del marqués, fruto de secretos amoríos, y que le correspondería "hoy o mañana" una buena parte de la herencia. Confirmó tal suposición el ver que Juan fue enviado a un aristocrático y famoso colegio inglés, donde cursó estudios más brillantes que útiles, y del cual volvió a los veintitrés años hecho un cumplido gentleman. Acogióle la sociedad con halagos y sonrisas, aunque a sus espaldas se comentase lo ambiguo de su posición; y como era gallardo y simpático y tenía hasta el prestigio de la leyenda y del misterio, las señoras le recibieron con sumo agrado, demostrando claramente que la presencia de Juan no les infundía horror ni cosa que lo valga. En aquella ocasión, si Juan hubiese tenido afición a las flores, sin gran esfuerzo reúne un lindo ramillete de rosas, pensamientos y "no me olvides", cuyo aroma seguiría aspirando con la memoria en la edad madura; pero Juan estaba enamorado -enamorado callada y tenazmente- de la hija del marqués, Dolores, en quien reconocía las facciones de la que le había servido de madre: niña de sorprendente hermosura, que, según la frase del Libro Santo, había robado el corazón de Juan con sólo el crujir de sus zapatitos; unos zapatos de fino charol, prolongados y lustrosos sobre la transparente media de seda. Crujir que Juan reconocía entre los mil ruidos de la creación, lo mismo que reconocía las cascaditas de su reír juvenil, el roce de su falda corta, el perfume tenue de su flotante melena y el "¡rissch!" de su abaniquillo al abrirlo la impaciente mano.

Creyó Juan que no se le conocía el loco deseo; pero las chiquillas son, en esto, linces, y Dolores notó que la querían, y no sólo lo notó, sino que mostró tal inclinación a Juan, que éste, vencido, confesó de plano. La niña, más inexperta, más vehemente, más ignorante de las terribles consecuencias de un mal paso, arregló entonces la escapatoria, combinando y facilitando las cosas de tal manera que, dado el escándalo, el padre no tuviese más arbitrio que otorgar su consentimiento.

Se urdió el complot sin que nadie sospechase palabra; mas la víspera del día señalado, Juan, descolorido y trémulo, se echó a los pies del marqués, y le reveló la trama. Como todo el que quiere de veras, prefería su propia desventura al daño ajeno; anteponía al egoísmo de su pasión el honor y la felicidad de Dolores. Así pagaba el pobre expósito su deuda a la casa donde le acogieron y ampararon; así reconocía, al través de la tumba, los cuidados maternales recibidos de la señora a quien no podía olvidar. Al consumar el sacrificio, su alma sangraba; y cuando el marqués, alabando mucho su honrada sinceridad, le tomó, por primera providencia, el billete para Londres, Juan, en vez de salir hacia el tren, cayó en la cama, donde le postró una fiebre ardentísima.

Hizo el marqués que le cuidasen; puso entre tanto a Dolores en un convento de monjas, graves y buenas guardianas; y ya en franca convalecencia Juan, para mayor cautela -porque todas las precauciones son pocas, y quien una vez tropieza expuesto está a caer-, solicitó para el mozo un puesto lejos, lejos..., lo más lejos posible. Y se lo concedieron en Ultramar, y tan pingüe, que a ser Juan de otra condición a la vuelta de pocos años tendría hecha la suerte. Hasta el codo se podía meter la mano en aquella bendita prebenda administrativa, y es de creer que, al otorgársela, se contaba con que la aprovechase; porque el padre de Dolores, que, a pesar de las hablillas, no tenía con Juan más parentesco que el puramente moral de haberle protegido, sentía cierto remordimiento al desampararle, y encomendaba a la generosidad de nuestro presupuesto el porvenir del mozo, sin darse cuenta de que éste, a falta de claro abolengo, poseía enérgica honradez. Lo único que trajo Juan de ultramar, a la vuelta de cuatro años, fueron unos mezquinos ahorros, que gastó en intentar la curación de un padecimiento hepático; y como el marqués había fallecido y estaba casada Dolores, se encontró Juan, al empezar a bajar la árida cuesta de la edad madura, solo y pobre como cuando le recogieron en el trigal.

Entonces, sin explicarse la razón, sintió un deseo inexplicable de volver a ver el sitio y la quinta donde había pasado una niñez relativamente tan dichosa. Llegó a aquellos lugares por la tarde, a pie, apoyado en un bastón grueso; lo primero que hizo fue dar la vuelta a la tapia de la quinta, evocando mil recuerdos que surgían en tropel al aspecto de cada árbol y ante la figura de cada piedra. Su corazón latió de pronto con ímpetu; en el vetusto mirador, enramado de rosales, suspendido sobre el camino, acababa de ver a una señora y dos niños; ella, haciendo labor, los chicos, observando con curiosidad al pasajero encorvado y triste, de amarillento rostro. La señora, avisada por los chicos, levantó la cabeza y fijó en Juan la ojeada inerte que se concede al desconocido. Juan huyó; los ojos de Dolores, mirándole de aquel modo, le cortaban el alma. No paró hasta llegar a un campo de trigo, a la sazón maduro, salpicado de amapolas, como cuentas de coral sobre una trenza rubia.

Los segadores, cantando alegremente, habían iniciado su faena, y los haces se amontonaban ya en un ángulo de la heredad; pero acercábase la puesta del sol, y pronto se retirarían a sus casuchas. Juan se aproximó a una mujer y preguntó con ansia:

-¿Es en este campo donde hace muchos años recogieron a un niño?

-Allí, señor -respondió la mujer con esa complacencia solícita de los aldeanos, soltando su hoz y levantándose para preceder a Juan y enseñarle el camino. Como unos diez minutos habrían andado, cuando la segadora se paró e hirió con el pie la orilla del sendero, pronunciando:

-Aquí mismo. Estaba en pelota, como le parieron. Mire si lo sabré bien, que yo era entonces moza y fui la primera que cogió al rapaz en brazos. Y mi hermano que le vio así, entre la abundancia, le puso "Juan Trigo". Nos daba mucha lástima, ¡ángel de Dios!... Las que andábamos segando le queríamos mantener con leche de vaca, y yo quería llevarle para donde mí; pero le cayó una suerte muy grande; la señora marquesa le recogió y le criaba ella y le tuvo en una hartura muy grandísima. Ahora será un caballero.

Juan calló. La amargura se desbordaba en su alma. Pensaba que podría haber sido el prohijado de aquella aldeana, vivir con ella, ayudarla a segar la mies, no conocer otros afanes ni otros deseos. Dejándose caer al suelo, en el mismo sitio donde le habían encontrado pegó la faz a la tierra, y sus lágrimas la empaparon lentamente.

Mientras corrió su primera juventud, Antón Carranza se creyó nacido y predestinado para el arte. El arte le atraía como el acero al imán, y le fascinaba como el espejuelo a la alondra. Donde sus ojos encontraban una línea elegante, una forma bella, un tono de color intenso y original, allí se quedaban cautivos en éxtasis de admiración, mientras luchaba en su alma noble pena de no haber sido el creador de aquella hermosura, y una ilusión arrogante de llegar a producirla mayor, más original y poderosa por medio del estudio y el trabajo.

Años y desengaños necesitó para adquirir el triste convencimiento de que carecía de inspiración, de genio artístico. Sus tentativas fueron reiteradas, insistentes, infructuosas. Crispáronse en vano sus dedos alrededor del pincel, de la gubia, del palillo, del buril, del barro húmedo. Si no podía ser pintor ni escultor, a lo menos quería descollar como adornista, como grabador, como tallista; por último, desesperanzado ya, intentó resucitar los primores de orfebrería de Benvenuto Cellini; y si bien por cuenta propia no hizo nada digno de eterno olor, con la joyería, su vocación artística desalentada se convirtió en provechosa especulación industrial; se asoció a un joyero de fama, montó el taller a gran altura y se dedicó a negociar, escondiendo la incurable herida de su ardiente aspiración y sus mil fracasos.

El joyero que recibió de socio a Antón Carranza tenía una hija, cuyo enlace con el artista fue la base de la nueva razón social. Luisa, la esposa de Carranza, no era bonita, ni aun agraciada: la desfiguraba su tez amarillenta, sus facciones angulosas y una cojera muy visible. Carranza, con todo, aceptó el trato sin repugnancia alguna; su futura le inspiraba, a falta de sentimientos más vehementes, simpatía y cariño. Como suele suceder a los hombres excesivamente poseídos de la fiebre artística, desconocía Carranza otras pasiones; la mujer era para él una necesidad momentánea, y el matrimonio una prudente garantía de paz y de afecto. Casóse, pues, satisfecho y tranquilo, y se condujo como marido bueno y leal.

Rico y en situación de satisfacer sus caprichos, Carranza rebuscó y adquirió preciosidades; ya que no acertaba a modelar estatuas, las hizo desenterrar en Nápoles y Grecia, y pudo colocar en su despacho-taller un lindo Fauno, una curiosa Belona policromada, encanto de los arqueólogos, y varios fragmentos de mérito e interés.

Conocida su afición, presentáronle los vendedores medallas de revelado cuño y piedras grabadas, y entre varios ejemplares que no rebasaban del límite de lo usual y corriente, la lúcida ojeada del artista malogrado descubrió un camafeo griego, que, desde luego, reconoció y diputó por pieza única tal vez en el mundo. Ni el famoso, contemporáneo de Alejandro, que representa a Psiquis y el Amor; ni la Venus marina, de Glicón; ni la celebre sardónica de la galería Farnesio, podían eclipsar a aquel sencillo camafeo, que sólo ostentaba una cabeza de mujer o, mejor dicho, de diosa. La ignorancia relativa del traficante cedió la divinidad por un precio irrisorio, atendida la importancia del camafeo, y Antón Carranza, dueño del inestimable tesoro, lo guardó con transporte en una caja de malaquita y pedrería, de donde lo sacaba mañana, tarde y noche para contemplarlo a su sabor.

¡Qué sobriedad y pureza de líneas, qué misteriosa vida respiraba aquella cabeza! Cuatro rasgos; unos planos que apenas se indican; unas superpuestas capas de ágata que se matizan insensiblemente..., y una obra maestra, digna de conservar un nombre al través de los siglos; una obra que fija y encarna la idea de una beldad sublime. ¿Por qué no había acertado jamás él, Antón

Carranza, a concebir nada que se asemejase a aquel camafeo prodigioso? Una obra así bastaría para hacerle feliz toda la vida, colmando su anhelo y realizando su destino...; ¡y nunca, nunca de sus dedos torpes y su estéril fantasía había de brotar algo que se pareciese al camafeo!

Su entusiasmo por la piedra adquirió carácter extraño y enfermizo. Con fijeza más propia de la perturbación mental que de la cordura, pasábase Carranza horas enteras mirando el portento y tratando de explicarse qué secreta fuerza, qué rayo luminoso llevaba en sí el desconocido que hacía tantos siglos produjo aquel milagro. Quizá ni él mismo sospechó el valor de la huella genial que imprimió en la dura ágata su diestra paciente y firme. Quizá alguna joven de Mitilene o de Samos lució en el anular o colgó a su garganta el camafeo sin conocer que poseía una riqueza ideal. Ni los que lo habían desenterrado y vendido ahora, en el siglo presente, comprendieron lo que tenían entre manos. El primer verdadero poseedor de la joya era Antón Carranza... Y en arrebato nervioso de desordenada pasión, Carranza pegaba los labios al camafeo, lo estrechaba contra su pecho, queriendo incrustarlo en él, adherirlo a su carne...

Notó por fin Luisa y notaron todos los de la casa, dependientes y amigos, clientes y responsables, alarmantes síntomas en Antonio; y los que le veían de cerca se asustaron de su afición a la soledad, su hábito ya adquirido de encerrarse a deshora, su silencio en la mesa, y le tuvieron por maniático, opinando que los intereses comerciales de la sociedad peligraban en su poder. Era para Luisa doblemente triste que se hubiese anublado la razón de su esposo, ahora que, cumplidos sus más dulces deseos, se sentía encinta y soñaba en el momento inefable de estrechar a la criatura que esperaba. Consultado al médico acerca del estado de Carranza, y habiéndole observado despacio, con persistencia y disimulo, su fallo fue terrible: tratábase de un caso de monomanía tenaz, acompañada de graves desórdenes en las funciones del hígado y del corazón; y para salvar la razón y acaso la vida del enfermo era preciso encerrarle sin tardanza en una casa de salud, sujetándole a un método riguroso.

No hubo más remedio que acceder, y Carranza, una mañanita, fue conducido al triste asilo, donde, separado de los que le amaban, iba a verse abandonado del mundo... Con peregrina indiferencia se dejó llevar el maniático; tenía consigo el camafeo, y nada más necesitaba para ser dichoso en la región de sus delirios. Luisa iba a verle con frecuencia, pero se interrumpieron sus visitas cuando llegó el esperado trance; el nacimiento de una niña puso su existencia en peligro, dejándola semiparalítica y sujeta a ataques dolorosos, y transcurrió largo tiempo sin que pudiese ver al pobre recluso. Decía el médico que Carranza mejoraba y pronto saldría de su encierro; pero corrían meses y años y no llegaba el momento feliz.

Luisa, que amaba a su marido tiernamente, no tenía otro consuelo sino ver crecer a su hija, y envanecerse de su sorprendente hermosura. La niña, en efecto, era una perla. No se parecía a su madre ni a su padre; ni el mínimo rasgo de sus facciones recordaba a los que le habían dado el ser. Las líneas de su rostro, puras y correctísimas, desesperarían a un escultor por su incopiable elegancia y delicadeza y los rizos que se agrupaban sobre su frente y caían sobre su cuello torneado tenían una colocación graciosa y noble, como sólo la obtiene el arte.

Un día, Luisa, sintiéndose algo aliviada, se metió en un coche con su hija, se apeó a la puerta del asilo. Al penetrar en la habitación que ocupaba su esposo, al mirarle, exhaló un grito de terror y pena: pálido, demacrado, con la mirada fija, Carranza contemplaba un objeto, y de esta contemplación nada podía distraerle, era el camafeo..., y siempre el camafeo. Luisa comprendió con espanto que el enfermo no la reconocía, y herida en el alma, guiada por su instinto de madre, presentó, elevó a la niña en alto. Carranza dejó caer sobre ella una mirada indiferente... De súbito, sus ojos se animaron, brillaron, recobraron la luz de la inteligencia y del amor; sus brazos se abrieron, sus dedos soltaron el camafeo mágico y fatal; sus lágrimas brotaron, y, como el que se despierta, corrió hacia su mujer y su hija... ¡Acababa de advertir que la faz de la niña era la misma faz de la diosa grabada en la piedra dura..., y comprendía que, sin saberlo, había prestado ser y realidad, carne

y hueso, a la belleza soberana!

Si hubo matrimonios felices, pocos tanto como el de Sabino y Leonarda. Conformes en gustos, edad y hacienda; de alegre humor y rebosando salud, lo único que les faltaba -al decir de la gente, que anda siempre ocupadísima en perfeccionar la dicha ajena, mientras labra la desdicha propia- era un hijo. Es de advertir que los cónyuges no echaban de menos la sucesión pensando con buen juicio que, cuando Dios no se la otorgaba, Él sabría por qué. Ni una sola vez había tenido Leonarda que enjugar esas lágrimas furtivas de rabia y humillación que arrancan a las esposas ciertos reproches de los esposos.

Un día alteró la tranquilidad de Leonarda y Sabino la llegada intempestiva de la única hermana de Leonarda, que vivía en ciudad distante, al cuidado de una tía ya muy anciana, señora de severos principios religiosos. Venía la joven pálida, desfigurada, llorosa y triste, y apenas descansó del viaje, se encerró con sus hermanos, y la entrevista duró una hora larga.

A los tres o cuatro días salieron juntos la señorita y el matrimonio a pasar una temporada en la casa de campo de Sabino, posesión solitaria y amenísima. Nadie extrañó esta resolución porque a fines de abril la tal quinta es un oasis, y más explicable pareció todavía la excursión de recreo que en septiembre emprendieron los consortes, los cuales no regresaron de Francia y de Inglaterra hasta el año siguiente. Lo que se comentó bastante fue que al volver trajesen consigo una niña preciosa, con la cual se volvía loca Leonarda, que aseguraba haberla dado a luz en París. Como nunca faltan maliciosos, alguien encontró a la nena excesivamente desarrollada para la edad de cuatro meses que le atribuían sus padres; hubo chismes, murmuraciones, cuentas por los dedos, sonrisitas y hasta indagaciones y "tole tole" furioso. Pero corrió el tiempo, ejerciendo su oficio de aplicar el bálsamo de olvido bienhechor; la hermana de Leonarda se sepultó en un convento de Carmelitas; el retoño creció; los esposos le manifestaron cada día más amor paternal..., y las hablillas, cansadas de sí propias, se durmieron en brazos de la indiferencia.

La verdad es que cualquiera se enorgullecería de tener una hija como Aurora; este nombre pusieron Leonarda y Sabino a su vástago. Nunca se justificaron mejor las preocupaciones del vulgo respecto a las criaturas cuyo nacimiento rodean circunstancias misteriosas, dramas de amor y de honor. Una belleza singular, excesivamente delicada, tal vez; una inteligencia, una dulzura, una discreción que asombraban; suma habilidad, exquisito gusto, y sobre todo esto, que es concreto y puede expresarse con palabras, algo que no se define: el "ángel", el encanto, el don de atraer y de embelesar, de llevar consigo la animación, creando como dijo Byron de Haydea, "una atmósfera de vida"; esto poseía Aurora, y no es milagro que Sabino y Leonarda estuviesen literalmente chochitos con ella.

Pagábales la criatura en la mejor moneda del mundo. Su amor filial tenía caracteres de pasión, y solía decir Aurora que no pensaba casarse nunca, no por no abandonar a sus padres -que sería imposible ni pensar en ello-, sino por no tener que repartir con nadie el ardiente cariño que les consagraba. Los que oían de tan rosada y linda boca estas paradojas e hipérboles del afecto, envidiaban a Leonarda y Sabino la hija hurtada.

Habían pasado años sin que Aurora aceptase los homenajes de ningún pretendiente, cuando apareció cierta mañana en casa de Sabino un caballero que podemos calificar de gallo con espolones, pero apuesto, elegante; con trazas de adinerado, aspecto muy simpático y ese aire de dominio peculiar de los hombres que han ocupado altos puestos o conseguido grandes triunfos de amor propio, viviendo siempre lisonjeados y felices. Solicitó el caballero hablar a solas con Sabino y Leonarda; pero como hubiesen salido, rogó se le permitiese ver un instante a la señorita Aurora. La muchacha le recibió en la sala, sin turbarse, y le dio conversación un rato, ruborizándose cuando el desconocido le dirigió alabanzas en las cuales se revelaba profundo, vivo y secreto interés. La entrevista duró poco; llegaron los padres de Aurora, y con ellos se encerró el galán, cuyas primeras palabras fueron para decir, inclinándose hasta el suelo, que allí tenían un gran culpable -al seductor de su hermana y padre de Aurora- dispuesto a reparar en lo posible sus yerros y delitos, recogiendo a la niña y ofreciéndole amparo, fortuna y nombre.

Sabino meditó algunos instantes antes de responder, luego cruzó con Leonarda una mirada expresiva, y volviéndose al recién llegado, pronunció serenamente:

-Queremos a Aurora bastante más que si la hubiésemos engendrado, es nuestro único hechizo, la alegría de nuestra vejez, que ya se acerca; pero le aseguro a usted que la dejaremos libre. Si ella quiere, con usted se irá. Si ella no quiere, prométanos que la niña se quedará con nosotros para toda la vida y usted no pensará en reclamarla. Y para que vea usted que no influimos en su determinación escóndase detrás de ese cortinaje y oirá cómo la interrogamos y lo que responde.

Accedió el caballero y se ocultó. De allí a pocos instantes entraba Aurora, y Sabino le dirigió el siguiente interrogatorio:

-¿Qué te ha parecido ese señor que vino a hablarnos?

-¿Digo la verdad, papá, como de costumbre? ¿La verdad enterita?

-¡Ya se sabe que sí!

-¡Pues me ha parecido muy bien! Me ha parecido la persona más..., más agradable... que he visto en mi vida, papá.

-¿Tanto como eso?

-Sí por cierto. Me ha fascinado... ¿No me mandas que hable con franqueza?

-¿Le preferirías a nosotros? Sigue siendo franca.

Es distinto lo que siento por vosotros, Él me gusta... de otra manera.

-¿Vivirías contenta con él?

-¡Mira, papá..., puede que sí!

-Piénsalo bien, niña.

-No hay que pensarlo. Es un sentimiento, y lo que de veras se siente no se piensa. Nunca he sentido así. Yo también he de preguntar; ¿qué ¿este señor..., os ha pedido mi mano?

-¡Tu mano! ¡Tu mano! ¡No se trata de eso! -gritó con espanto Leonarda.

-¿Pues..., entonces? No entiendo -murmuró Aurora afligida.

-¡Figúrate... es una suposición..., que ese señor fuese... tu padre! ¡Tu verdadero padre!

-¿Mi padre? ¡Eso sí que no puedo figurármelo! ¡Como padre, ni le he mirado..., ni podría mirarle nunca! Ya os he dicho que es distinto; ¡que a vosotros os quiero de otro modo!

-Vete, hija mía -murmuró Sabino confuso y consternado, creyendo oír detrás de la cortina un gemido triste. Y así que se retiró Aurora, obediente, cabizbaja y muda, el desconocido salió, mostrando un rostro color de cera y unos ojos alocados.

-No les molesto a ustedes más -murmuró en ronco acento-. Ya sé cuál es mi castigo. Procuré estudiar el modo de inspirar cierta clase de sentimientos... y los inspiro con una facilidad que ha llegado a infundirme tedio y horror. Midas todo lo convertía en oro... yo todo lo convierto en pecado. El cariño puro, el sagrado cariño de padre, veo que no lo mereceré nunca. Borren ustedes mi recuerdo de la imaginación de Aurora, ¡y que no sepa jamás mi nombre, ni lo que realmente soy para ella!

-Tal vez -indicó la compasiva Leonarda- el atractivo que ejerce usted sobre esa criatura, tan indiferente con los demás, sea la voz de la sangre.

-Si es voz de la sangre, es voz que maldice -respondió el tenorio saludando respetuosamente y saliendo abrumado por el dolor.